历代歌咏书法诗选注

乔建堂◎编著

唐宋元卷

山西出版传媒集团　北岳文艺出版社
BEIYUE LITERATURE & ART PUBLISHING HOUSE
·太原·

图书在版编目（CIP）数据

历代歌咏书法诗选注：唐宋元卷、明清卷 / 乔建堂编著. —太原：北岳文艺出版社，2021.1

ISBN 978-7-5378-6345-2

Ⅰ. ①历… Ⅱ. ①乔… Ⅲ. ①古典诗歌—诗集—中国 Ⅳ. ①I222

中国版本图书馆CIP数据核字（2020）第259612号

历代歌咏书法诗选注

（唐宋元卷　明清卷）

乔建堂◎编著

//	出版发行:山西出版传媒集团·北岳文艺出版社
策　　划	地址:山西省太原市并州南路57号　邮编:030012
续小强	电话:0351-5628696(发行部)　0351-5628688(总编室)
	传真:0351-5628680
责任编辑	经销商:新华书店
贾江涛	印刷装订:山西人民印刷有限责任公司
书籍设计	开本:890 mm×1240mm　1/16
张永文	总字数:650千字
	总印张:46
印装监制	版次:2021年1月第1版
郭　勇	印次:2021年1月山西第1次印刷
	书号:ISBN 978-7-5378-6345-2
	总定价:168.00元

序

林　鹏

这是一本有用的书，是书家案头必备的书。

中国是个诗歌的海洋，而在这望不到边际的诗歌的海洋之中，论述书法艺术的诗歌不胜枚举。就是那些有关书法艺术的名家名句，一般人也未必能够伸手就翻拣出来，所以说，眼前这本书是非常有用的书，是书家离不开的书。

书法艺术是中国传统文化的瑰宝，看似平淡，却是无限神奇，可以说深不可测。古来文化名人以及骚人墨客，无不悠游于书法艺术之中，而且往往情不自禁地歌咏书法艺术。在这些精彩的诗句中，包含着他们对书法艺术的追求向往，以及多种多样的艰苦实践和艺术理想。现代书法家可以从中受到启迪，得到补益。这一点毋庸置疑。

乔建堂先生是山西大学师范学院美术系的教师，有志于书法艺术，几阅寒暑编了这部书，《历代歌咏书法诗选注》，我认为这是一部好书。并愿赘此数言以为序。

2002年2月16日于太原

序言

林鹏

这是一本有用的书，是书法家案头必备的书。

中国是个诗歌的海洋，而在这浩瀚无际的诗歌的海洋之中，论述书法艺术的诗歌不胜枚举。就是那些有关书法艺术的名家名句，一般人也未必能够伸手就能拈出来。所以说，眼前这本书是非常有用的书，是书家需要的书。

书法艺术是中国传统文化的瑰宝，看似平淡，却是神奇绝眼，可以说深不可测。古来文化名人以及骚人墨客，无不徜徉于书法艺术之中，而且情不自禁的歌咏书法艺术。在这些精彩的种种诗句中，包涵着他们对书法艺术的向往追求，以及各种各样的体会和艺术理想。现代书法家可以从中受到启迪，得到补益。这一点可以说毋庸置疑。

秦建英先生是山西大学师范学院美术系的教师，潜心于书法艺术，几阅寒暑编写这部书，从历代歌咏书法诗选注释。我认为这是一部好书。兹略缀此数言以为序。

（2002.2.16 太原）

前 言

我国的书法艺术源远流长，珍华荟萃，从远古发展而来，是“表现各时代精神的中心艺术”（宗白华《书法在中国艺术史上的地位》），是中国美学的基础，是中华民族审美情趣的集中表现。从古至今，历代品评文字、鉴赏题跋、考证笔记等著述可谓汗牛充栋。目前已有许多书法文论选编相继出版，对于历代书学理论的研究和发展无疑是一善举。

本书别于文论书法，重在古典诗歌对于历代书法赞咏、品鉴的选释，展示历代文人墨客、鉴赏家、收藏家对书法艺术的激情兴感，以丰富书学理论研究的内容，拓展书法批评和书法审美的视野，以至于从中国艺术精神的角度，探寻、辨识民族审美意识、审美趣向通变的轨迹，从而感受中华民族优秀传统文化的博大、精深、醇厚。

古典诗词是中华民族文化艺术之树的一枝奇葩，是中华民族传统文化精粹的代表。历代文人墨客以“精骛八极，心游万仞”的艺术思维，对中华民族美学基础的书法予以观照，以神妙之思兴生花之笔，情理相谐，相得益彰，可谓是锦上添花，诗书合璧。

诗中反映了历代文人墨客于书法、书家品鉴、交流的情感世界，反映出对自然、社会、人生的哲学思考，从不同的视角，以历史的、社会的、个人的审美趣向出发，用饱满的浪漫热情、豪放的张扬语言、严谨的缜密思维，给我们呈现出一幅幅静止的却又是灵动的时代艺术世界。书中有历代诗人、书画家、古文字学家、金石学家、鉴藏家的大作，也有名不见经传的文人逸士、高僧野客的狂吟。诗中有情，诗中有理，诗中有据。诚如刘勰《文心雕龙·知音》道："夫缀文者情动而辞发，观文者披文以入情，沿波讨源，虽幽必显。"是为古人"涵泳玩索"者。

在诗中，李白提出了"清真""天然"的书法审美思想，反映了道家尚自然的精神追求。杜甫针对肥厚书风，扬起了"书贵瘦硬方通神"的大旗，提倡书法的骨力、精神，反映出儒家积极进取的精神世界。高僧贯休等，在赞论怀素草书时，抒发了禅宗意识，以禅入书，以禅论书。同时的韩愈、戴叔伦等人的诗作中，也反映出在"尚法"审美趣向主流中不同的审美意识追求。

宋时的苏东坡、黄庭坚、米芾等大倡"尚意"书风。苏东坡崇尚自然，提出"诗画本一律，天工与清新"，言称"我书意造本无法"。他不同意杜甫以"瘦硬"为美的观点，强调"端庄杂流丽，刚健含婀娜"的"中庸"美，提倡"书要有神、气、骨、肉、血，五者阙一，不能成书也"。

黄庭坚则以禅论书，以韵品书，以禅门不立法门、呵佛骂祖的思想，提倡"随人作计终后人，自成一家始逼真"，力主新变，强调个性创新的思想。

米芾诗论如其书风，沉着痛快，直抒胸襟。《寄薛郎中绍彭》论古人云："欧怪褚妍不自持，犹能半蹈古人规。公权丑怪恶札祖，从兹古法荡无遗。张颠与柳颇同罪，鼓吹俗子起乱离。怀素獦獠小解事，仅趋平淡如盲医。可怜智永研空臼，去本一步呈千嗤……谁云心存乃笔到，天工自是秘精微……"以狂逸之辞，指点古人，强调自然"天工"的书法美学，强调书法的"意"。《与薛老》诗云："自古写字人，用字或不通。要知皆一戏，不当问工拙。意足我自足，放笔一戏空。"癫狂逸态跃然纸上。

元代书法以赵孟𫖯为代表，在书法理论上提出了“结字因时相传，用笔千古不易”的著名论断，对后世产生重大影响。在诗论书法中提倡“苍藤古木千年意，野草闲花几日春”的书法永恒之美，抒发了对“二王”、魏晋书风的崇拜，及争媚献世之作的鄙视，同时提出了“须知书画本来同”的艺术审美观点。

郝经《怀素青帘〈斗将三帖〉歌》中，提出“大巧既穷出大拙，作者每向无心求”的书法创作辩证思想。同时，杨维桢、虞集、鲜于枢等都在诗论中表达了各自的书法审美趣味。

明代书法理论继往开来，论著弘富，体系庞杂，推动了书法的发展。明书法理论、书法风格均推董其昌为首，他以禅论书画，主张书画天真、淡雅、自然、清新，力倡禅意及文人气息。沈周、李东阳、王世贞、胡应麟等各抒胸臆。王世贞《〈临江二王帖〉歌》：“右军正行妙入神，大令破体皆天真。”沈周论怀素：“心以禅观通，随物得书旨。”李东阳论：“草书在意不在文，……偶然落笔还通神。”

清代是古代传统文化、艺术精神的积淀、研究时期，随着文物、金石出土增多，考据研究之风大盛，极大地丰富了书学理论，促进了书法创作的繁荣。时代精神赋予了清代文人墨客继承传统和变革创新的重任。

傅山文论提出的“四宁四毋”美学思想，对书法理论和创作产生了深远影响。诗论中强调“作字先作人，人奇字自古”的书法伦理观。阮元提出了“北碑南帖论”，扬起了“卑帖尊碑”的大旗，碑学大盛。包世臣《艺舟双楫》、康有为《广艺舟双楫》等伸其主张，传统帖学理论退之，书坛充满变革创新之风，清代书法创作呈现出丰富多彩的面貌。阮元、袁枚、翁方纲、钱谦益等等，在诗论中都充分表达了自己的书法审美思想。

康有为《广艺舟双楫》一书，对碑学理论进行了系统的研究，以鲜明的美学思想，奠定了碑体书法在近代的地位，对后世的书法创作起了积极推动作用。在诗论、文论中，康有为以理性的思辨、强烈的感情，将政治的变革求新精神赋予书法的“法古寻变”。可以说，康有为的书法理论，代表了中国书法艺术复兴的开始，使各种书体如甲骨、金文、篆、隶、楷、行、草、碑板书等书法创作形式多样，丰富多彩。使书法理论、书法创作的发展进入了一个崭新的时代。

总之，前人论书，以“唐人尚法，宋人尚意，元人尚态，明人尚势，清人尚变”概之，于诗中体会，是有其脉搏合拍处，但也不是尽然。书家、诗人、画家在时空隧道中相识、交流，此情此景，其韵其味，诗句中有记录，情感中见真诚，审美好恶油然而见。清末王国维《人间词话》中“诗人对宇宙人生，须入其内，又须出乎其外，入乎其内，故能写之，出乎其外，故能观之。入乎其内，故有生气，出乎其外，故有高致”，堪为至论。

古人云：“诗、言志”，“书，心画也”“书如其人”。

本人限于精力、学识与环境所囿，资料有限，且检讨未能详尽，疏陋难免，敬请有识之士不吝赐教。本书撰写过程中，有幸得到我国著名国学大师、教育家、书法家姚奠中先生生前的赞许，并欣然为本书题写了书名。恩师著名学者、作家、书法家林鹏老师为本书作序。同时也得到已故草书大家卫俊秀先生，著名学者、书法家赵承楷先生等前辈和老师的大力支持和指导帮助。在此谨表衷心感谢。

乔建堂

2002年3月8日初稿

2018年1月24日定稿

凡 例

一、本书检录历代诗人二百一十一位，诗作三百三十篇。以诗作者出生朝代编次。每位诗人篇首综论其生平、选辑依据等。

二、本书所释重在对诗论书法、诗咏书法、诗鉴书法诗句中的难、僻、生、涩句辞的选释，大众熟知的书法辞语从简或不释。

三、本书所选诗作中，对于所涉碑、帖的评鉴辞条，均尊重诗人的论述，不妄臆断。凡遇真伪有争议之碑帖，均将各方论点录出，以俟专家学者日后评鉴。

四、本书诗作选辑自《全唐诗》、《全宋诗》、《全元诗》、《全明诗》（一、二册）、《四库全书·明代集部》、《全清诗》（《晚晴簃诗汇》）中。个人有论书诗集者，视情而选。

历代书论、诗论书法、咏诗散落于题跋、书画录、笔记中者众多，限于资料有限，不能尽其所有，故也不录。

目录

唐

宋

元

明

清

唐

TANG

奉述飞白书势[1]

岑文本

六文开玉篆[2]，八体曜银书[3]。

飞毫列锦绣，拂素起龙鱼[4]。

凤举崩云绝，鸾惊游雾疏[5]。

别有临池草，恩沾垂露余[6]。

岑文本(595—645)，字景仁，邓州棘阳(河南南阳)人。性沉敏，善文辞，有姿仪。博苦经史，工飞白书。官至江陵县子又中书令。有文集六十卷存世。《全唐诗》编诗四首。

【注释】

①飞白：汉字书法的一种形式，笔画露白，似枯笔所写。唐张怀瓘《书断·飞白》曰："案飞白者，后汉左中郎将蔡邕所作也。"

②六文：六书也。王莽时变秦时八体为六体。《说文解字·叙》曰："及亡新居摄，使大司空甄丰等，校文书之部，自以为应制作，颇改定古文。时有六书：一曰古文，孔子壁中书也。二曰奇字，即古文而异者也。三曰篆书，即小篆，秦始皇帝使下杜人程邈所作也。四曰左书，即秦隶书。五曰缪篆，所以摹印也。六曰鸟虫书，所以书幡信也。"玉篆：指秦时小篆。也称玉筋体。

③八体：秦时统一文字，废除不合秦文的六国文字。《说文解字·叙》：秦书有八体一曰大篆，二曰小篆，三曰刻符，四曰虫书，五曰摹印，六曰署书，七曰殳书，八曰隶书。银书：指碑铭文字。《文选》南朝·梁·陆佐公《新漏刻铭》："……金字不传。银书未勒者哉。"

④飞毫句：锦，织采为文。绣，刺采为文。锦绣，指美好的事物。这里指

飞动的飞白书线条多彩多姿的造型。素，白色的绢。龙鱼：即龙鲤。《山海经·海外西经》："（穷山）龙鱼陵居在其北，……其为鱼也如鲤。"

⑤凤举句：唐孙过庭《书谱》曰："观夫悬针垂露之异，奔雷坠石之奇，鸿飞兽骇之姿，鸾舞蛇惊之态，绝岸颓峰之势，临危据槁之形；或重若崩云，或轻如蝉翼……"指飞白书体用笔的灵活多变。

⑥垂露：书法笔画之谓。王愔《文字志》曰："垂露书如悬针而势不遒劲，阿那如浓露之垂故名。"

书

李　峤

削简龙文见[①]，临池鸟迹舒[②]。
河图八卦出，洛范九畴初[③]。
垂露春光满，崩云骨气余。
请君看入木，一寸乃非虚[④]。

李峤(645—714),字巨山,赵州赞皇(今河北赞皇)人。少有文辞,通五经,弱冠擢进士。曾官至中书门下三品,封赵国公。后贬泸州别驾。为武后及中宗朝四位大学士之一,与王勃、杨炯齐名。《全唐诗》编诗五卷,明人辑有《李峤集》。

【注释】

①削简龙文:古时用刀削竹木做简册,在上面写字,也称削牍。庾肩吾《书品》曰:"开篇玩古,则千载共明;削简传今,则万里对面。"龙文,龙形的花纹。《史记·赵世家》:"秦武王与孟说举龙文赤鼎,绝膑而死。"《文选》汉·班孟坚(固)《两都赋》宝鼎诗:"宝鼎见兮色纷缊,焕其炳兮被龙文。"

②临池鸟迹:临池指学习书法。池,砚池。西晋卫恒《四体书势》曰:汉兴而有草书……弘农张伯英(芝)者因而转精甚巧。凡家之衣帛,必书而后练之,临池学习,池水尽墨。鸟迹:鸟之爪印。西晋成公绥《隶书体》:"皇颉作文,因物构思,观彼鸟迹,遂成文字。"

③河图句:河图,指周易来源的传说。《周易·系辞上》:"河出图、洛出书,圣人则之。"《书·顾命》:"天球河图。"河图即八卦,洛范即洛书。汉儒称《洛书》即《洪范九畴》。《书·洪范》:"天乃锡禹洪范九畴。"

④入木:相传晋王羲之书写祭祀祝词用的木板,笔痕入木三分。指书法笔力雄健。

赠张旭[1]

李　颀

张公性嗜酒，豁达无所营。
皓首穷草隶，时称太湖精[2]。
露顶据胡床，长叫三五声[3]。
兴来洒素壁，挥笔如流星[4]。
下舍风萧条，寒草满户庭。
问家何所有，生事如浮萍[5]。
左手持蟹螯，右手执丹经[6]。
瞪目视霄汉，不知醉与醒。
诸宾且方坐，旭日临东城。
荷叶裹江鱼，白瓯贮香秔[7]。
微禄心不屑，放神于八纮[8]。
时人不识者，即是安期生[9]。

李颀(生卒年不详),东川(今四川雅安一带)人,寄居颍阳(今河南许昌附近),开元廿三年(735)中进士,任新乡县尉。性疏简,厌薄世事,工诗,长玄理,多为放浪之语。诗以七古为长,风格豪放。《全唐诗》编诗三首。

【注释】

①张旭:唐代著名书法家。字伯高,一字季明,官至金吾长史,世人都称

他为“张长史”。其人潇洒不羁，卓尔不群，才华横溢，与李白、贺知章相友善。书工真楷，尤精草书，逸势奇状，连绵萦绕，自创新格，被人们誉为“草圣”。玄宗时代，张旭的字，李白的诗，裴旻的剑并称“三绝”，李肇《国史补》卷上：“张旭草书得笔法，后传崔邈、颜真卿。旭言：始吾见公主担夫争路，而得笔法之意。后见公孙氏舞剑器而得其神。旭饮酒辄草书，挥笔而大叫，以头揾水墨中而书之，天下呼为张颠。醒后自视，叹为神异，不可复得。后辈言笔札者，欧、虞、褚、薛，或有异论，至张长史，无间言矣。”

②皓首：年老白头。《文选》之李少卿（陵）《答苏武书》：“丁年奉使，皓首而归。”草隶：草书。汉初，变秦隶为草书，称草隶。太湖精：谓禀太湖之精气。张旭，吴郡人，城临太湖，故称。

③露顶：《汉书·汲黯传》：“丞相弘宴见，上或时不冠，至如见黯，不冠不见也。”《张汉书·西域传论》：“露顶肘行，东向而朝天子。”胡床：一种可以折叠的轻便坐具。由西域传入内地，故名。也称交床、交椅。此名同下句皆写出张旭狂放不羁、忘情于书之状。

④素壁：洁白的墙壁。《洛阳伽蓝记·胡统寺》：“朱柱素壁，甚为佳丽。”流星：《释名·释天》：“流星，星转行如流水也。”

⑤浮萍：水草。《周礼·秋官·序官》：《萍氏注》：“萍之草，无根而浮，取名于其不沉溺。”此句谓张旭对人生的看法。

⑥蟹螯：蟹的第一对足。《晋书·毕卓传》：“卓尝谓人曰：‘得酒满数百斛船，四时甘味置两头，右手执酒杯，左手执蟹螯，拍浮酒船中，便足了一生矣’。”丹经：炼丹书。《文选》之鲍明远《升天行》：“九篇隐丹经。”此句连同下句写张旭狷傲不羁的神态。

⑦瓯：《说文》：“瓯，小盆也。”《南齐书·谢超宗传》：“超宗既尘，饮酒数瓯”。香杭：《汉书·沟洫志》：“故称禾麦，更为粳稻。”粳稻的一种，同“香粳”。

⑧八纮：大地的极限，犹言八极。《淮南子·地形》：“九州之外，乃有八殥。……八殥之外，而有八纮。”此言张旭志向之高，轻视利禄而心向八极。

⑨安期生：先秦时方士。《史记·封禅书》：“臣尝游海上，见安期生，安期生食巨枣，大如瓜。安期生仙者，通蓬莱中，合则见人，不合则隐。”

草书歌行[1]

李　白

少年上人号怀素[2]，草书天下称独步。
墨池飞出北溟鱼，笔锋杀尽中山兔[3]。
八月九月天气凉，酒徒词客满高堂。
笺麻素绢排数厢，宣州石砚墨色光[4]。
吾师醉后倚绳床，须臾扫尽数千张[5]。
飘风骤雨惊飒飒，落花飞雪何茫茫[6]。
起来向壁不停手，一行数字大如斗。
恍恍如闻神鬼惊[7]，时时只见龙蛇走。
左盘右蹙如惊电，状同楚汉相攻战。
湖南七郡凡几家，家家屏障书题遍。
王逸少，张伯英，古来几许浪得名[8]。
张颠老死不足数，我师此义不师古[9]。
古来万事贵天生，何必要公孙大娘浑脱舞[10]。

李白(701—762)，唐诗人，字太白，号青莲居士，祖籍陇西成纪(今甘肃秦安东)，生于中亚碎叶(今属俄罗斯，当时为唐朝所设置的安西都护府)。幼时随父迁居绵州昌隆(今四川江油)。《新唐书》称其“喜纵横术，击剑为任侠，轻财重施”“援笔成文，婉丽精切”。青年时，出蜀漫游长江、黄河中下游，结识了许多名士。中年时，经朋友推荐，入长安任翰林供奉，因遭权贵构陷弃官离京。安史之乱第二年(756)应邀为永王李璘幕府。李璘事败，被牵连坐罪，后在流放途中遇赦。晚年寄居族叔李阳冰家中，病卒于当涂(今属安徽)。李白诗豪迈奔放，意境非凡，富有浪漫主义色彩。后人誉其为“诗仙”，是继屈原之后我国最伟大的浪漫主义诗人。有《李太白集》。

【注释】

①歌行：汉代乐府诗的一种体式。

②怀素(725—785)：唐著名书法家，字藏真，湖南长沙人。为唐僧玄奘法师弟子。特善草书，传世书迹有《自叙帖》等。刘正成《中国书法鉴赏大辞典》录云：“(怀素)尝于故里种芭蕉以蕉叶为纸作书，因名居‘绿天庵’。又传其弃笔埋于山下，堆积如冢，曰‘笔冢’。其书学张芝、真卿，草书‘援毫掣电，随手万变’。得其三昧。”《宣和书谱·草书七》：“释怀素，字藏真，俗姓钱，长沙人，徙家京兆，玄奘三藏之门人也。初励律法，晚精意于翰墨，追仿不辍，秃笔成冢。一夕观夏云随风，顿悟笔意，自谓得草书三昧，斯亦见其用志不分，乃凝于神也。”又宋朱长文《续书断》：“颜公尝有书云：昔张长史之作也，时人谓之张颠；今怀素之为也，余实谓之狂僧，以狂继癫，孰为不可耶?”

③墨池：《方舆胜览》：绍兴府戒珠寺，本王羲之故宅，门外有二池，曰墨池、鹅池。墨池，王羲之洗砚池也。河南陕州也有汉代书法家张芝洗砚的墨池。北溟鱼：即鲲。北溟，古人想象中北方最远的大海。《庄子·逍遥游》：“北冥有鱼，其名为鲲。”中山兔：中山即今安徽宣城附近，出兔毫，制笔精妙。明李诩《戒庵老人漫笔》：“中山非晋，乃唐宣州中山也。宣州自唐来多擅名笔。”蔡邕《笔论》：“若迫于事，虽中山兔毫不能佳也。”

④笺麻素绢：笺、麻皆纸也。素、绢皆缯类。缯中至下者谓之绢，绢之精白者谓之素。宣州：即今安徽宣城。

⑤绳床：《锦绣万花谷》谓绳穿为坐器，即俗之交椅也。

⑥飘风骤雨句：《宣和书谱·草书七》：“当时名流如李白、戴叔伦、窦臮、钱起之徒，举皆有诗美之，状其势以谓：‘若惊蛇走虺，骤雨狂风。’人不以为过论。”此句指怀素草书给人带来的惊心动魄的视觉感受。

⑦恍恍：模模糊糊，仿佛。

⑧王逸少：即王羲之(321—397)，号澹斋，琅琊(山东临沂)人，东晋杰出的书法家，官至右将军，人称王右军。羊欣《采古来能书人名》："王羲之，晋右将军、会稽内史，博精群法，特善草隶。羊欣云：'古今莫二'"。又张怀瓘《书断》："……逸少骨鲠高爽，不顾常流，与王承、王悦为王氏三少。……尤善书，草、隶、八分、飞白、章、行，备精诸体，自成一家法，千变万化，得之神功，自非造化发灵，岂能登峰造极"。王逸少早年师从卫夫人学书，尤受益于张芝、钟繇，将汉魏质朴的书风，创变为妍美流便的今体。《兰亭序》墨迹被唐太宗尊为"天下第一行书"。除此外尚有《十七帖》《乐毅论》等名篇传世，其书法对后世影响极大，被后世尊为"书圣"。著有《题卫夫人〈笔阵图〉后》《用笔赋》等。

张芝：字伯英(？—192)，东汉杰出的书法家。羊欣《采古来能书人名》："弘农张芝，高尚不仕，善草书，精劲绝伦。家之衣帛，必先书而后练；临池学书，池水尽墨。每书，云'匆匆不暇，草书。'人谓为'草圣'。"张芝变化崔瑗、杜度之法，融新兴楷法，减少章草的点画波磔，创为今草。体势气脉，一笔连贯。三国时魏韦诞誉之为"草圣"。王羲之的草书深受他的影响，著有《笔心论》，今佚。

⑨张颠：即张旭。师古：指师法、效法古人。

⑩公孙大娘浑脱舞：公孙大娘为唐玄宗开元年间有名的女舞蹈家。杜甫《观公孙大娘弟子舞剑器行·并序》："往者吴人张旭，善草书书帖，数常于邺县见公孙大娘舞西河剑器，自此草书长进，豪荡感激，即公孙可知矣。"浑脱舞：浑脱即灵活也，是一种武舞。有名的《苏幕遮》即为其一。自西域传入中原。

王右军

李　白

右军本清真[①]，潇洒出风尘。
山阴过羽客[②]，爱此好鹅宾。
挥素写道经，笔精妙入神。
书罢笼鹅去，何曾别主人。

【注释】

①清真:纯洁质朴。《文章志》曰:“羲之高爽有风气,不类常流也。”又杨升庵《丹铅录》曰:“右军清真,谓清致而真率也。”

②山阴以下句:山阴:今浙江绍兴,即会稽。《宣和书谱·草书三》云:“羲之性爱鹅。山阴有道士养鹅,于是往观之,甚悦,想求之。道士云:‘为写《道德经》,当举群相赠耳。’羲之欣然书毕,笼鹅而归,甚以为乐。”素:生帛也。

石鼓歌[①]

韦应物

周宣大猎兮岐之阳[②]，刻石表功兮炜煌煌。
石如鼓形数止十，风雨缺讹苔藓涩。
今人濡纸脱其文，既击既扫白黑分[③]。
忽开满卷不可识，惊潜动蛰走云云。
喘逶迤，相纠错，乃是宣王之臣史籀作[④]。
一书遗此天地间，精意长存世冥寞[⑤]。
秦家祖龙还刻石，碣石之罘李斯迹[⑥]。
世人好古犹共传，持来比此殊悬隔。

韦应物(737—792),京兆长安(今陕西西安)人。少时狂放不羁,后来折节读书,应举中进士,历任滁州、江州、苏州刺史,也称"韦苏州"。诗笔高雅简淡,以描写田园风光为主,有《韦苏州集》。

【注释】

①石鼓:因形状似鼓而得名。鼓有十面,大小不一。每面鼓都刻有一首四言诗。也称"猎碣""陈仓十碣"。当时书法家虞世南、褚遂良、欧阳询都极力推崇其书法,共称"古妙"。唐末以来曾被多次移置,原石现藏于故宫博物院。

石鼓文体介于古文和秦篆之间,或称"大篆"或"籀文"。张怀瓘《书断》云:"籀文者周太史之所作也,与古文小异,后人以名称书,谓之籀文。……其迹有《石鼓文》存焉"。《石鼓文》之名由张怀瓘始。窦蒙、窦臮《述书赋并注》云:"史籀周宣王时史官,著大篆教学童。岐州雍城南有周宣王猎碣十枚,并作鼓形，上有篆文，今见打本。”“猎碣”一词由此出。张怀瓘《书断》赞《石鼓文》曰：“体象卓然，殊今异古。落落珠玉，飘飘缨组。仓颉之嗣，小篆之祖。以名称书，遗迹石鼓。”清康有为称《石鼓文》“为中国第一古物，亦当书家第一法则”，并赞曰：“金钿落地，芝草团云，不烦整截，自有奇采。”郭沫若先生在《石鼓文研究》中云：“从文学史的观点来看，石鼓诗不仅直接提供了一部分古代文学作品的宝贵史料，而且更重要的贡献是保证了民族古典文学的一部丰富的宝藏诗经的真实性。”《石鼓文》不仅是研究我国古代文学、文字、考古、书法艺术的珍贵史料，而且是古代石刻艺术的瑰宝。

韦应物是我国历史上咏石鼓者第一人，后来韩愈、苏东坡也有诗咏。韦应物、韩愈等皆误为周宣王时物，或认为是周宣王之鼓，成王之刻。南宋史学家郑樵《石鼓音·序》论定：“观此十篇，皆为秦篆。”始，马衡先生《石鼓文为秦刻石考》、郭沫若先生《石鼓文研究》等学者考定为秦时刻石，当刻于秦襄公（公元前777—公元前766年）时期，是记述秦国国君游猎的故事，人们遂无异论。由于人为和自然的损害，现在字已漫减过半，连残字、残画合计仅有二百八十余字。《石鼓文》在唐代即有拓本，传本中又以天一阁藏北宋拓本为最，后该本佚。现今以明锡山安桂坡所藏“先锋、中权、后轻”三个宋拓为著名。

②周宣：周宣王，姬静，厉王之子，旧时称他为周室中兴之主。此句以为宣王田猎。岐阳，岐山的南面。山南曰阳。岐山在陕西岐山县东北，山状如柱，故又称天柱山。

③今人句：谓将石鼓制成拓片。

④喘：当指气息。此谓史籀之石鼓文气势连绵曲折而不断。

⑤一书句：谓石鼓文留给人们静静的沉思。

⑥秦家祖龙：指秦始皇。碣石之罘：秦统一中国后，结束六国纷争。第三年率大臣东巡，宣耀盛德，到峄山、泰山、琅琊山等刻石。第四年再东巡，在之罘山刻石。过三年再东巡至碣石并刻石。第十年即公元前210年，秦始皇南巡，至会稽再刻石，彪炳其伟业。秦始皇共四次出巡，六处刻石。李斯：生年不详，卒于秦二世二年（公元前208年）。字通古，楚国（今河南上蔡）人。初为郡小吏，后从学于荀子。向秦始皇献策各个击破六国之计遂拜为客卿。公元前237年，上书劝阻秦王逐客，受重用，迁官廷尉。秦统一后，任丞相。力主加

强中央集权，统一度量衡、统一货币、统一文字。秦始皇死，他与赵高伪造遗诏，立胡亥为二世，追杀扶苏。后为赵高诬为谋反，被腰斩，并灭三族。著有《仓颉篇》《谏逐客书》等。相传《泰山刻石》《琅琊山刻石》《峄山刻石》《会稽刻石》为李斯所书，即今人所说之小篆。唐李嗣真《书后品》："李斯，小篆之精，古今绝妙。秦望诸山及皇帝玉玺，犹夫千钧强弩，万石洪钟。"

怀素上人草书歌

王　颋

衡阳双峡插天峻，青壁巉巉万余仞[①]。
此中灵秀众所知，草书独有怀素奇。
怀素身长五尺四，嚼汤诵咒吁可畏。
铜瓶锡杖倚闲庭，斑管秋毫多逸意[②]。
或粉壁，或彩笺，蒲葵绢素何相鲜[③]。
忽作风驰如电掣[④]，更点飞花兼散雪。
寒猿饮水撼枯藤，壮士拔山伸劲铁。
君不见张芝昔日称独贤，君不见近日张旭为老颠。
二公绝艺人所惜，怀素传之得真迹。
峥嵘蹙出海上山，突兀状成湖畔石。
一纵又一横，一欹又一倾。
临江不羡飞帆势，下笔长为骤雨声。
我牧此州喜相识，又见草书多慧力。
怀素怀素不可得，开卷临池转相忆。

王颋(生卒年不详)，永州太守，《全唐诗》编诗一首。

【注释】

①衡阳：在湖南省南部，湘江及支流耒水、蒸水汇合境内，境内有衡山，衡山有七十二峰。相传七十二峰中的回雁峰，雁群飞到这里不再往南。巉巉：高峭险峻貌。

②铜瓶锡杖:皆是僧人所用之物。铜瓶,僧人随身携带的汲水器和食具。锡杖:杖高与眉齐,头有锡环,乞食时以环作声,代叩门,兼防牛犬之用。斑管秋毫:笔管带斑的毛笔。逸意:不同凡响的意境。

③蒲葵:一种植物,叶大,上面可以作书。

④忽作以下两句:指怀素师草书笔力雄强,变化莫测。笔道虽枯,但有韧劲,劲如壮士力拔山兮。

怀素上人草书歌

窦　冀

狂僧挥翰狂且逸，独任天机摧格律[①]。
龙虎惭因点画生，雷霆却避锋芒疾。
鱼笺绢素岂不贵，只嫌局促儿童戏。
粉壁长廊数十间，兴来小豁胸襟气。
长幼集，贤豪至，枕糟藉曲犹半醉[②]。
忽然绝叫三五声，满壁纵横千万字。
吴兴张老尔莫颠，叶县公孙我何谓[③]。
如熊如罴不足比，如虺如蛇不足拟。
涵物为动鬼神泣，狂风入林花乱起。
殊形怪状不易说，就中惊燥尤枯绝。
边风杀气同惨烈，崩槎卧木争摧折。
塞草遥飞大漠霜，胡天乱下阴山雪。
偏看能事转新奇，郡守王公同赋诗。
枯藤劲铁愧三舍，骤雨寒猿惊一时[④]。
此生绝艺人莫测，假此常为护持力。
连城之璧不可量[⑤]，五百年知草圣当。

窦冀（生卒年不详），官御史，《全唐诗》编诗一首。

【注释】

①狂僧:时人对怀素的雅称。格律:古典诗歌和创作韵文所依照的格式和韵律。此谓怀素书法豪迈不羁,不受书写规则的约束。

②枕糟藉曲:糟,酒糟,做酒用的原料。此句谓耽于饮酒。

③吴兴张老:指张旭。叶县公孙:指“叶公好龙”事。

④三舍:一舍,指三十里,三舍九十里。

⑤连城之璧:价值连城之玉。《史记·蔺相如传》:“赵惠文王时,得楚和氏璧。秦昭王闻之,使人遗赵王书,愿以十五城请易璧。”此谓怀素草书价值连城如和氏之璧,是对怀素草书艺术给予的高度赞扬。

怀素上人草书歌

鲁　牧

吾观文士多利用，笔精墨妙诚堪重。
身上艺能无不通，就中草圣最天纵。
有时兴酣发神机，[1]抽毫点墨纵横挥。
风声吼烈随手起，龙蛇迸裂空壁飞。
连拂数行势不绝，藤悬查蹙生奇节。
划然放纵惊云涛，或时顿挫萦毫发。
自言转腕无所拘，大笑羲之用阵图。
狂来纸尽势不尽，投笔抗声连叫呼。
信知鬼神助此道，墨池未尽书已好。
行路谈君口不容，满堂观者空绝倒。
所恨时人多笑声，唯知贱实一作宝翻贵名[2]。
观尔向来三五字，颠奇何谢张先生[3]。

鲁牧(生卒年不详),大历时人,曾在湖南与怀素等过往。《全唐诗》编诗一首。

【注释】

①"有时"并以下六句:谓怀素作书豪迈不羁、忘乎所以的神态和所作草书给人带来的视觉、心理的冲击。兴酣:兴致高昂。神机:神妙的机关,指怀素草书用笔变化多端,神出鬼没。抽:怀素作书用笔痛快状。用阵图:即《笔阵图》。旧题卫夫人撰,后众说纷纭,或疑为王羲之撰,或疑为六朝人伪托。

沓蹙:放纵屈聚貌。抗声:高声、大声。

②贱实:"实",当作宝,指当时人们对怀素的书法不很认同,而喜欢那些有名望的人的书法。

③张先生:即张旭。

怀素上人草书歌

朱　逵

几年出家通宿命[①]，一朝却忆临池圣。
转腕摧锋增崛崎[②]，秋毫茧纸常相随。
衡阳客舍来相访，连饮百杯神转王。
忽闻风里度飞泉，纸落纷纷如跕鸢[③]。
形容脱略真如助，一作脱落任真助。心思周游在何处。
笔下惟看激电流，字成只畏盘龙去。
怪状崩腾若转蓬[④]，飞丝历乱如回风。
长松老死倚云壁，蹙浪相翻惊海鸿。
于今年少尚如此，历睹远代无伦比。
妙绝当动鬼神泣，崔蔡幽魂更心死[⑤]。

朱逵(生卒年不详)，大历中处士，曾游衡阳与怀素交往。《全唐诗》编诗一首。

【注释】

①宿命：佛教语。前世的生命，对今生、今世而言。

②崛崎：陡峭貌，谓怀素草书用笔险绝。《文选·注引〈张辑〉》："崛崎，斗绝也。"

③跕鸢：下坠貌。谓怀素作草用笔迅疾、飘逸。

④崩腾：动荡，纷乱。

⑤崔蔡：指崔瑗、蔡邕。崔瑗(78—143)，东汉涿郡安平(今河北安平)

人。东汉著名文学家、书法家。张怀瓘《书断·神品》:“崔瑗字之玉,安平人。……官至济北相,文章盖世,善章草,师于杜度,点画之间,莫不调畅,伯英祖述之。其骨力精熟过之也,索靖乃越制特立,风神凛然,其雄勇劲健过之也,以此有谢于张、索。袁昂云:‘如危峰阻日,孤松一枝’。王隐谓之草贤。……王子敬云:张伯英极似之。”所著赋、碑、箴、颂等五十七篇。蔡邕:(132—193)东汉杰出的文学家和书法家,书法理论家。字伯喈,陈留圉(今河南开封)人。张怀瓘《书断·神品》:“伯喈官至左中郎将,封高阳侯,仪容奇伟,笃孝博学,能画,又善音律,明天文、数术、灾变,卒见问,无不对。工书,篆隶绝世,尤得八分之精微。体法百变,穷灵尽妙,独步今古。又创造飞白,妙有绝伦,动合神功,真异能之士也。”曾用标准隶体,写六经文字刻碑于鸿都太学门外。蔡邕对书法理论的贡献是前人莫及的。他著有《笔势》《笔论》《篆势》《九势》等。又《后汉书·蔡邕列传》云:“吴人有烧桐以爨者,邕闻火烈之声,知其良木,因请而裁为琴,果有美音,而其尾独焦,故时人名曰:‘焦尾琴’焉。”史载他著有《琴赋》《琴操》等很有影响的琴学名著。也被誉为“琴门圣手”。

题怀素上人草书

许　瑶

志在新奇无定则[①]，古瘦漓骊[②]半无墨。

醉来信手两三行，醒后却书书不得。

许瑶(生卒年不详)，大历中官御史，曾在湖南与怀素过往。《全唐诗》编诗一首。

【注释】

①志在新奇：谓怀素草书敢于创新，用笔变化不定，新颖奇绝。

②漓骊：漓，指用笔的痛快。骊，指深黑色的马。形容怀素草书气势连绵，潇洒脱俗，用笔痛快。

观薛稷少保书画壁[①]

杜　甫

少保有古风，得之陕郊篇[②]。
惜哉功名忤，但见书画传。
我游梓州东[③]，遗迹涪江边[④]。
画藏青莲界[⑤]，书入金榜悬[⑥]。
仰看垂露姿，不崩亦不骞[⑦]。
郁郁三大字，蛟龙岌相缠[⑧]。
又挥西方变，发地扶屋椽[⑨]。
惨澹壁飞动，到今色未填。
此行叠壮观，郭薛俱才贤。
不知百载后，谁复来通泉。

杜甫(712—770)，唐代大诗人。字子美，祖籍襄阳(今属湖北)，生于巩县(今属河南)。自幼好学，知识渊博。开元后期举进士不第，漫游各地，天宝三年(744)在洛阳与李白相识。乾元二年(759)入蜀，筑草堂于成都，安家定居。两年后，入幕节度使严武，得荐检校工部员外郎，后人亦称“杜工部”。晚年贫困，卒于湖南湘江舟中。杜诗反映社会黑暗，同情民众之苦，反映了唐由盛到衰的历史，富于现实主义风采，被誉为“诗史”。艺术上博采取长，风格沉郁雄浑，韵律严谨，有“诗圣”之谓。与李白齐名，并称“李杜”，有《杜少陵集》。

【注释】

①薛稷(649—713),唐代著名书画家,字嗣通,蒲州汾阳(山西万荣)人。举进士,官至黄门侍卫。太子少保、礼部尚书,人称“薛少保”,书学欧阳询、虞世南、褚遂良并与之合称“唐初四大家”。《新唐书》:云:“锐精临仿,结体遒丽,遂以书名天下。”张怀瓘《书断》:“书学褚公,尤尚绮丽媚好,肌肉得师之半,可谓河南公之高足,甚为时所珍尚……稷隶、行入能,魏草书也其亚也。”薛稷善画,工人物、佛像、树石、鸟兽,画鹤时称一绝,传世碑刻有《升仙太子碑》《信行禅师碑》等。

②陕郊篇:薛稷所撰。《全唐诗》注:“稷《秋日还京》诗云:‘驱车越陕郊’。”

③梓州:隋置州名。今在四川三台县。

④涪江:水名。在四川省,也称内水。

⑤青莲界:《翻译名义集》:“优钵罗,青莲花也。”指佛寺。

⑥金榜:指科举殿试揭晓的姓名榜。

⑦不崩亦不骞:《诗》:不崩不骞。崩,过也。骞,亏也。谓薛稷书法不激不励,用笔中和。

⑧郁郁句:谓慧普寺三字书法气势雄强。三大字:《舆地纪胜》记载:薛稷在通泉县慧普寺书“慧普寺”三大字,径三尺许。蛟龙:《法书要录》:至于蛟龙骇兽,奔腾拿攫之势,必手随变,不知所如,是谓达节。

⑨又挥句:谓稷所画佛像气势宏大,顶天立地。西方变:谓所画西方诸佛变相。唐人谓画亦曰变。发地:谓所画之像从地面至屋椽。沈约诗有“发地多奇岭,干云非一状”句。

殿中杨监见示张旭草书图[1]

杜　甫

斯人已云亡，草圣秘难得[2]。
及兹烦见示，满目一凄恻。
悲风生微绡，万里起古色[3]。
锵锵鸣玉动，落落群松直。
连山蟠其间，溟涨与笔力[4]。
有练实先书，临池真尽墨[5]。
俊拔为之主，暮年思转极。
未知张王后，谁并百代则[6]。
呜呼东吴精，逸气感清识[7]。
杨公拂箧笥，舒卷忘寝食。
念昔挥毫端，不独观酒德[8]。

【注释】

①杨监:《全唐诗》注:殿中监掌天子服御事。杨监谓杨炎。

②草圣:即张旭。

③微绡:生丝织成的薄纱、薄绢。指书写用的纱或绢。

④溟涨:指大海。唐权德舆《权载之文集·二四·〈唐故……赠太子少保徐公墓志铭〉》:"溟涨之外,巨贾万舰,通犀南金,充物狎至。"

⑤有练句:谓张芝事。羊欣《采古来能书人名》:弘农张芝,高尚不仕,善草书,精劲绝伦。家之衣帛,必先书而后练;临池学书,池水尽墨。

⑥张王:指张旭、王羲之。

⑦东吴精:李颀赠张旭诗:"皓首穷草隶,时称太湖精。"张旭,吴郡人,城临太湖,故称之。

⑧酒德:刘伶有《酒德颂》。此谓张旭醉草之态。

李潮八分小篆歌[①]

杜 甫

仓颉鸟迹既茫昧[②]，字体变化如浮云。

陈仓石鼓又已讹[③]，大小二篆生八分[④]。

秦有李斯汉蔡邕，中间作者寂不闻。

峄山之碑野火焚[⑤]，枣木传刻肥失真。

苦县光和尚骨立[⑥]，书贵瘦硬方通神[⑦]。

惜哉李蔡不复得，吾甥李潮下笔亲。

尚书韩择木[⑧]，骑曹蔡有邻[⑨]。

开元以来数八分，潮也奄有二子成三人[⑩]。

况潮小篆逼秦相[⑪]，快剑长戟森相向。

八分一字直百金，蛟龙盘拏肉屈强。

吴郡张颠夸草书，草书非古空雄壮。

岂如吾甥不流宕，丞相中郎丈人行[⑫]。

巴东逢李潮，逾月求我歌。

我今衰老才力薄，潮乎潮乎奈汝何。

【注释】

①李潮：杜甫的外甥。周越《书苑》：李潮，善小篆，师李斯《峄山碑》，见称于时。

②仓颉鸟迹：仓颉，黄帝史官，相传为汉字的发明者。《世本·作篇》："黄帝使仓颉作书。"卫恒《四体书势》："黄帝之史诅诵，仓颉，眺彼鸟迹，始作书契。"

③陈仓石鼓：《全唐诗》注：其石粗有鼓形，字刻石旁。其数有十。初在陈

仓野中，韩愈为博士时，请于祭酒，欲以数橐驼舆致太学不从。郑余庆始迁之凤翔，愈以为宣王鼓。韦应物以为文王鼓，宣王刻。欧阳修《集古录》始设三疑。郑樵摘"丞、殹"二字见于"秦斤""秦权"而以为秦鼓。程大昌又云戚王之鼓。《左传》成有"岐阳之蒐"，其字乃番吾之迹。

④大小二篆生八分：《全唐诗》注：宣王太史籀著大篆十五篇，与仓颉古文或异。秦李斯、胡毋敬辈改省为小篆。程邈献隶书，主于徒隶简易。王次仲作八分，盖小篆古形独存其半，八分已减小篆之半，隶又减八分之半，本谓之楷书、楷隶大范相同。张怀瓘谓程邈以后之隶与钟王之今楷为一意。欧阳修以八分为隶，洪适因之迄无定说。今谓隶书。

⑤峄山之碑：又称峄山刻石。秦始皇二十八年(公元前219)东巡峄山而立。小篆，相传为李斯篆书，原石久佚。今存摹刻本。前为始皇诏，计一百四十四字，后为二世诏，计七十九字，字略小。唐时即有摹本今失传。重刻摹本有七：长安本、绍兴本、蒲江郑氏本、应天府学本、青社本、蜀本、邹县本。今传长安本即宋淳化四年郑文宝取其师徐铉摹本重刻于西安，石存陕西省博物馆碑林内。

⑥苦县光和尚骨立：指传为后汉蔡邕书写的《苦县老子碑》。光和，指东汉汉灵帝的第三个年号(178—184)。时蔡邕遭诬下狱。南朝梁袁昂《古今书评》评蔡邕云："蔡邕书骨气洞达，爽爽有神。"

⑦书贵瘦硬方通神：杜甫提出的这一书法审美的著名论点，是具有针砭时风的意义。王镇远《中国书法理论史》云："由于唐玄宗爱好肥腴丰满的时尚，徐浩等起而应之，故当时书风渐趋丰腴一路，流弊所及，自然在肥不在瘦，这与前代尊尚骨力的古法形成了鲜明的不同。故后来米芾说：'开元以来，缘明皇字体肥俗，始有徐浩以合时君所好，经生字亦自肥俗，开元以前古气无复有矣。'杜甫生当此际，不满'肥腴丧真'的风气，故提倡复古与标榜'瘦硬'。"

⑧韩择木：生卒年不详。中唐时昌黎(今辽宁)人。韩愈的叔父，曾官工部尚书，右散骑常侍，人称"韩常侍"。窦臮、窦蒙《述书赋并注》云："韩常侍则八分中兴，伯喈如在；光和之美，古今迭代。"朱长文《续书断》云："在唐中叶，以八分名家者四人，惟则与韩择木、蔡有邻、李潮也，择木尤妙，名重当时，惟则可以亚之。"

⑨蔡有邻：陶宗仪《书史会要》："有邻，邕十八代孙，官至右卫率府兵曹参军，工八分书，书法险劲。"窦臮、窦蒙《述书赋并注》："卫包、蔡邻（蔡有邻），工夫亦到。出于人意，乃近天造。"

⑩奄有：覆盖、包括。《诗·鲁颂、闭宫》："奄有下国，俾民稼穑。"

⑪秦相：指李斯。

⑫丞相中郎：指秦相李斯、汉中郎蔡邕。丈人行：独言父辈、长辈。《史记·匈奴列传》："单于初立，恐汉袭之，乃自谓：'我儿子，安敢望汉天子！汉天子，我丈人行也'。"

送顾八分文学适洪吉州[1]

杜　甫

中郎石经后[2]，八分盖憔悴。
顾侯运炉锤[3]，笔力破余地。
昔在开元中，韩蔡同赑屃[4]。
玄宗妙其书[5]，是以数子至。
御札早流传，揄扬非造次[6]。
三人并入直，恩泽各不二。
顾于韩蔡内[7]，辨眼工小字。
分日示诸王，钩深法更秘[8]。
文学与我游，萧疏外声利。
追随二十载，浩荡长安醉。
高歌卿相宅，文翰飞省寺。
视我扬马间，白首不相弃。
骅骝入穷巷，必脱黄金辔[9]。
一论朋友难，迟暮敢失坠。
古来事反复，相见横涕泗。
向者玉珂人，谁是青云器[10]。
才尽伤形体[11]，病渴污官位。
故旧独依然，时危话颠踬。
我甘多病老，子负忧世志。
胡为困衣食，颜色少称遂。

远作辛苦行，顺从众多意。
舟楫无根蒂，蛟鼍好为祟[12]。
况兼水贼繁，特戒风飙驶。
崩腾戎马际，往往杀长吏。
子干东诸侯，劝勉防纵恣。
邦以民为本，鱼饥费香饵[13]。
请哀疮痍深，告诉皇华使。
使臣精所择，进德知历试。
恻隐诛求情，固应贤愚异。
列士恶苟得，俊杰思自致。
赠子《猛虎行》[14]，出郊载酸鼻[15]。

【注释】

①顾八分文学：顾八分，欧阳修《集古录》云：顾戒奢，善八方书。《西溪丛话》：吕公表，前太子文学翰林待诏顾戒奢书。文学：官名。汉州郡及王国皆置文学，似后世之教官。唐初，州县置经学博士，德宗时改称文学。

②中郎石经：即《熹平石经》。《水经注》："蔡邕以熹平四年，与五官中郎将堂溪典等，奏求正定六经文字，灵帝许之。邕乃自书丹于碑，使工镌刻，立太学门外。"

③炉锤：炉和锤。此谓顾八分在书法上不断锤炼，成于八分之列，且笔力雄健。

④赑屃：杨慎《升庵集·八一·龙生九子》："俗传龙生九子，……一曰赑屃，形似龟，好负重，今石碑下龟趺是也。"赑屃，猛壮有力也。韩、蔡，指韩择木，蔡有邻。

⑤玄宗妙其书：《书苑》："明皇好图画，工八分章草，丰茂英特。张说等献诗，明皇各赐赞褒美，自于彩笺上八分书之。妙其书，称美三人。"

⑥揄扬：宣扬也。

⑦韩蔡：同④韩、蔡。

⑧钩深：《易·系辞》："探赜索隐，钩深致远。"

⑨骅骝：赤色骏马。相传为周穆王八骏之一。此谓异才也。王僧虔《论书》："书〈旧品〉云：有四疋素，自朝操笔，至暮便竟，首尾如一，又无误字。子敬戏云：'弟书如骑骡，骎骎恒欲度骅骝前'。"

⑩玉珂：马头上贝质饰物。青云器：喻高尚之人。顾延之《五君咏》："仲容青云器。"仲容即晋阮咸。

⑪才尽：即江淹之事。江淹(444—505)：南朝梁齐阳考城(今河南兰考)人。字文通。出身孤寒，历仕南朝宋、齐、梁三代。梁时官至金紫光禄大夫，封醴陵侯。以文章称著于世，晚年才思衰退，诗文无佳句，时人谓其"江郎才尽"。

⑫鼍：即扬子鳄。

⑬香饵：指以事物引诱，如钓鱼之鱼饵。《五略》："香饵之下，必有悬鱼。"

⑭《猛虎行》：晋陆机所著。

⑮酸鼻：因悲痛而鼻辛酸。楚宋玉《高唐赋》："孤子寡妇，寒心酸鼻。"

送外甥怀素上人归乡侍奉

钱　起

释子吾家宝，神清慧有余①。

能翻梵王字②，妙尽伯英书。

远鹤无前侣，孤云寄太虚③。

狂来轻世界，醉里得真如④。

飞锡离乡久⑤，宁亲喜腊初⑥。

故池残雪满，寒柳霁烟疏。

寿酒还尝药⑦，晨餐不荐鱼⑧。

遥知禅诵外，健笔赋闲居。

钱起(生卒年不详)，字文促，吴兴(今浙江吴兴)人。“大历十才子”之一。官至尚书考功郎，大历中翰林学士。“诗格新奇，理致清赡”。有《钱考功集》，《全唐诗》编诗四卷。

【注释】

①神清：心神清朗。《淮南子·齐俗训》：“是故凡将举事，必先平意清神，神清平物乃可正。”

②梵王字：指来自印度的梵文经卷。梵：意即清静、寂静。佛教用此来称呼与佛教有关之事。《法华经·序品》：“常修梵行。”

③《怀素自叙帖》为：“远锡无前侣，孤云寄太虚。”《怀素自叙帖》曰：“怀素家长沙，幼而事佛。经禅之暇，颇好笔翰。然恨未能见前人之奇迹，所见甚浅。遂担笈杖锡，西游上国。”太虚：中国传统哲学术语，指天，天空。《庄子·知

北游》:“是以不过乎昆仑,不游乎太虚。”宋代张载有“太虚即气”说。

④真如:佛语。《成唯识论》:“真,谓真实,显非虚妄;如,谓如常,表无变易,谓此真如,于一切位,常如其性,故曰真如。”佛学之为宇宙万有的本体之称,与实相,法界同义。

⑤飞锡:锡,僧人所持之杖,亦曰智杖、禅杖。此谓僧人游行也。杜甫诗句云:“锡飞常近鹤,杯渡不惊鸥。”

⑥腊初:岁末年初。此谓怀素归乡侍奉。唐元稹《酬复言长庆四年元日郡斋感怀见寄诗》:“腊尽残销春又归,逢新别故欲沾衣。”又谓僧受戒后每度一年为一腊。

⑦寿酒:祝寿之酒。唐杜甫《千秋节有感》:“舞阶衔寿酒,走索背秋毫。”

⑧荐鱼:指吃鱼,食鱼。怀素草书有《食鱼帖》。帖中云:“老僧在长沙食鱼……”

赋虞书歌[1]

贾　耽

众书之中虞书巧，体法自然归大道[2]。
不同怀素只攻颠[3]，岂类张芝惟创草。
形势素，筋骨老[4]，父子君臣相揖抱[5]。
孤青似竹更飕飗，阔白如波长浩渺。
能方正，不隳倒，功夫未至难寻奥。
须知《孔子庙堂碑》[6]，便是青箱[7]中至宝。

贾耽(730—805)，字敦诗，沧州清池(今河北沧县)人。官至相位，封魏国公，也称“贾公魏”。擅地舆之学，工书法。撰有《古今郡国县道四夷述》《海内华夷图》等。

【注释】

①虞书：虞世南(558—638)，唐初著名书法家，字伯施，越州余姚(今属浙江)人。官至秘书监，封“永兴县子”，世称“虞永兴”。博学善文辞，书法智永，妙得其体，所书笔致圆融遒逸，外柔内刚，风神萧散，自开面貌。唐李嗣真《书后品》：“萧散洒落，真草惟命，如罗绮娇春，鹤鸿戏沼，故当子云之上。”唐张怀瓘《书断》：“其书得大令之宏规，含五方之正色，资荣秀出，智勇在焉，秀岭危峰，处处间起，行草之际，尤所偏工，及其暮齿，加以遒逸。”虞书源出二王，与欧阳询、褚遂良、薛稷称为“初唐四大家”，传世书作有《夫子庙堂碑》《汝南公主墓志铭稿》等。书论有《书旨述》《笔髓论》等。编有《北堂书抄》百六卷。

②体法自然：蔡邕《九势》：“夫书肇于自然，自然既立，阴阳生焉；阴阳既生，形势出矣。”

③此谓怀素、张芝有“偏工易就”之嫌。

④此谓虞书法自然而不浮华。窦臮、窦蒙《述书赋并注》:“永兴超出,下笔如神。不落疏慢,无惭世珍。然则壮文几而老成,与贞白而德邻,如层台缓步,高榭风尘。纂焕嗣圣,体多拘捡。如彼珷玞,乱其琬琰”。卫铄《笔阵图》:“善笔力者多骨,不善笔力者多肉;多骨微肉者谓之筋书,多肉微骨者谓之墨猪;多力丰筋者圣,无力无筋者病。”

⑤揖抱:欧阳询《三十六法》:朝揖,凡字之有偏旁者,皆欲相顾,两文成字者为多,如“谢”“锄”“储”之类,与三体成字者,若“讐”“斑”之类,尤欲相朝揖,《八诀》所谓迎相顾揖是也。回抱:回抱向左者如“曷”“丏”“易”“匊”之类,向右者如“艮”“鬼”“包”“旭”“它”之类是也。

⑥《孔子庙堂碑》:唐武德九年(626)立,虞世南撰并书,贞观中毁于火。现存此碑两种重刻本:一为“陕西西安本”,系宋王彦超摹刻,世称“陕本”或“西庙堂本”,字较肥;另一为“山东城武本”,元人刻,称“城武本”,或“东庙堂本”,字较瘦。今只见清人李宗翰所藏唐拓孤本,现流传至日本三井家。宋黄庭坚《山谷集》:“顷见摹刻虞永兴《孔子庙碑》,甚不厌人意,意亦疑石工太远。今观旧刻,虽姿媚而造笔之势甚遒,固知名下无虚士也。”

⑦青箱:谓世传家学。《宋书·王准之传》:“曾祖彪之,尚书令。……彪之博闻多识,练悉朝仪。自是家世相传,并谙江左旧事,缄之青箱。世人谓之王氏青箱学。”此指虞书是书法中的至宝。

怀素上人草书歌

任　华

吾尝好奇古来草圣无不知，岂不知右军与献之[①]，虽有壮丽之骨，恨无狂逸之姿。中间张长史，独放荡而不羁，以颠为名，倾荡于当时。张老颠殊不颠于怀素。怀素颠乃是颠。人谓尔从江南来，我谓尔从天上来。负颠狂之墨妙，有墨狂之逸才。狂僧前日动京华，朝骑王公大人马，暮宿王公大人家。谁不造素屏？谁不涂粉壁？粉壁摇晴光，素屏凝晓霜，待君挥洒兮不可弥忘。骏马迎来坐堂中，金盆盛酒竹叶香。十杯五杯不解意，百杯已后始颠狂。一颠一狂多意气，大叫一声起攘臂。挥毫倏忽千万字，有时一字两字长丈二。翕若长鲸泼剌动海岛，欻若长蛇戍律透深草[②]。回环缭绕相拘连，千变万化在眼前。飘风骤雨相击射，速禄飒拉动檐隙。掷华山巨石以为点，掣衡山阵云以为画[③]。兴不尽，势转雄，恐天低而地窄，更有何处最可怜，袅袅枯藤万丈悬[④]。万丈悬拂秋水映秋天；或如丝，或如发，风吹欲绝又不绝。锋芒利如欧冶剑[⑤]，劲直浑是并州铁[⑥]。时复枯燥何褵褷[⑦]，忽觉阴山突兀横翠微。中有枯松错落一万丈，倒挂绝壁蹙枯枝。千魑魅兮万魍魉[⑧]，欲出不可何闪尸。又如瀚海日暮愁阴浓，忽然跃出千黑龙。夭矫偃蹇入乎苍穹。飞沙走石满穷塞，万里飕飕西北风。狂僧有绝艺，非数仞高墙不足以逞其笔势；或逢花笺与绢素，凝神执笔守恒度。别来筋骨多情趣，霏霏微微点长露。三秋月照丹凤楼，二月花开上林树[9]。终恐绊骐骥之足，不得展千里之步[10]。狂僧狂僧，尔虽有绝艺，犹当假良媒。不因礼部张公将尔来，如何得声名，一旦喧九垓[11]。

任华(生卒年不详)，性耿介狷真，傲岸不羁，敢于致责公卿，自号“野人”“逸人”。曾访李白未遇，受杜甫荐举任检校工部员外郎，并参节度使幕，与高适友善。《全唐诗》编诗三首。

【注释】

①献之：即王献之(344—386)，字子敬，小字官奴，王羲之第七子。官中书令，又称“大令”，与父王羲之并称“二王”。羊欣《采古来能书人名》：“善隶，稿，骨势不及父，而媚趣过之。”张怀瓘《书断》：“尤善草隶，幼学于父，次习于张。后改变制度，别创其法，率尔私心，冥合天矩，观其逸志，莫之与京。至于行草兴合，如孤峰四绝，迥出天外，其峻峭不可量也。”何良俊《四友斋论书》：“大令用笔外拓而开扩，故散朗而多姿。”王献之在书法上秉承父风，且有创造，打破楷、行、草书界线，被后人称为“破体”。草书作“一笔书”，气势恢宏，一泻千里。传世碑帖有：《鸭头丸帖》《洛神赋十三行》《中秋帖》等。

②翕：聚，收敛。欻：忽然。两字皆喻怀素草书行笔迅疾。戌律：十二时辰之一。晚上七时到九时。

③卫铄《笔阵图》：“如千里阵云，隐隐然其实有形。如高峰坠石，磕磕然实如崩也。”

④袅袅：摇曳悠扬之态。

⑤欧冶剑：欧冶即欧冶子，春秋时冶工，善铸剑。相传曾为越王铸五剑，为楚王铸三剑。

⑥并州铁：即并州刀剪。古代并州所产剪刀锋利无比。比喻怀素草书用

笔爽利。

⑦褵褷:鸟之羽毛初生之状。形容怀素草书中的枯笔。

⑧魑魅:古代传说中的精怪名。魍魉:古代传说中山泽的鬼怪。

⑨上林:苑名,故址在今陕西省西安市西,本为秦时旧苑,汉武帝时扩建,南傍终南山,北滨渭水,周围二百多里。苑内放养禽兽,供皇帝射猎,并建有离宫、观、馆数十处。

⑩骐骥:良马、骏马 。荀子《劝学篇》:“骐骥一跃,而致千里。”

⑪喧:大声叫嚷。九垓:指九重天,即天空最高之处。古人认为天有九层。

怀素上人草书歌

戴叔伦

楚僧怀素工草书[①]，古法尽能新有余。
神清骨竦意真率，醉来为我挥健笔。
始从破体变风姿[②]，一一花开春景迟。
忽为壮丽就枯涩，龙蛇腾盘兽屹立。
驰毫骤墨剧奔驷[③]，满座失声看不及。
心手相师势转奇[④]，诡形怪状翻合宜。
人人细问此中妙，怀素自言初不知[⑤]。

戴叔伦(732—789)，字幼公，金坛(今江苏常州)人。官至容管经略使，晚年上表自请出家为道士。《全唐诗》编诗两卷。

【注释】

①楚僧：古时长江中下游属楚国，怀素湖南长沙人，故戴称怀素为楚僧。

②破体：世谓王献之书变其父行体而为行草并用称“破体”。张彦远《法书要录·徐浩论书》：“厥后钟善真书，张称草圣，右军行法，小令破体，皆一时之妙。”

③该句形容怀素作书时挥毫迅疾，如骏马奔驰，令人目不暇接。

④心手相师：学书强调意在笔先，必手相应。卫夫人《笔阵图》：“心手不齐，意后笔先者败。”《南史·萧子云传》所录梁武帝《论书》：“笔力劲骏，心手相应。”

⑤张怀瓘《书议》：“可以心契，不可以言宣。”指书法创作中的自由王国。

马秀才草书歌[①]

权德舆

伯英草圣称绝伦，后来学者无其人。
白眉年少未弱冠，落纸纷纷运纤腕。
初闻之子十岁余，当时时辈皆不如。
犹轻昔日墨池学，未许前贤团扇书[②]。
艳彩芳姿相点缀，水映荷花风转蕙。
三春并向指下生，万象争分笔端势。
有时当暑如清秋，满堂风雨寒飕飕。
乍疑崩崖瀑水落，又见古木饥鼯愁。
变化纵横出新意，眼看一字千金贵。
忆昔谢安问献之[③]，时人虽见那得知。

权德舆(759—818)，字载之。天水略阳(今甘肃丹阳)人。少聪慧，以文章著称。“直谅宽恕，蕴藉风流，好学不倦，为文尚气尚理”。官至山南西道节度使。《全唐诗》编诗十卷。

【注释】

①马秀才：生平不详。《全唐诗》注“大理马正之子”。

②虞龢《论书表》：旧说羲之罢会稽，住蕺山下，一老妪把十许六角竹扇出市，王聊问一枚几钱？云值二十许。右军取笔书扇，扇五字，妪大怅惋云：“举家朝餐，惟仰于此，何乃书坏。”王曰：“但言王右军书字，素一百。”入市，市人竞市去。妪复以十数扇来请书，王笑不答。

③虞龢《论书表》:“谢安尝问子敬:‘君书何如右军?’答云:‘故当胜’。安云:‘物论殊不尔’。子敬答曰:‘世人那得知’”。

石鼓歌[1]

韩　愈

张生手持石鼓文[2]，劝我试作石鼓歌。
少陵无人谪仙死[3]，才薄将奈石鼓何。
周纲凌迟四海沸[4]，宣王愤起挥天戈[5]。
大开明堂受朝贺，诸侯剑佩鸣相磨。
蒐于岐阳骋雄俊[6]，万里禽兽皆遮罗。
镌功勒成告万世，凿石作鼓隳嵯峨[7]。
从臣才艺咸第一，拣选篆刻留山阿[8]。
雨淋日炙野火燎，鬼物守护烦撝呵[9]。
公从何处得纸本，毫发尽备无差讹。
辞严义密读难晓，字体不类隶与蝌[10]。
年深岂免有缺画，快剑斫断生蛟鼍[11]。
鸾翔凤翥众仙下，珊瑚碧树交枝柯[12]。
金绳铁索锁钮壮，古鼎跃水龙腾梭[13]。
陋儒编诗不收入，二雅褊迫无委蛇[14]。
孔子西行不到秦[15]，掎摭星宿遗羲娥[16]。
嗟余好古生苦晚，对此涕泪双滂沱。
忆昔初蒙博士征，其年始改称元和[17]。
故人从军在右辅，为我度量掘臼科[18]。
濯冠沐浴告祭酒[19]，如此至宝存岂多。
毡包席裹可立致，十鼓只载数骆驼。

荐诸太庙比部鼎[20]，光价岂止百倍过。
圣恩若许留太学，诸生讲解得切磋。
观经鸿都尚填咽[21]，坐见举国来奔波[22]。
剜苔剔藓露节角，安置妥帖平不颇。
大厦深檐与盖覆，经历久远期无佗[23]。
中朝大官老于事，讵肯感激徒媕婀[24]。
牧童敲火牛砺角，谁复著手为摩挲。
日销月铄就埋没，六年西顾空吟哦[25]。
羲之俗书趁姿媚，数纸尚可博白鹅[26]。
继周八代争战罢[27]，无人收拾理则那[28]。
方今太平日无事，柄任儒术崇丘轲[29]。
安能以此尚论列，愿借辩口如悬河。
石鼓之歌止于此，呜呼吾意其蹉跎[30]！

韩愈(768—824)，字退之。邓州南阳(今属河南)人。官至吏部侍郎。尚儒抑道，是唐代古文运动的倡行者，诗文“奇崛险怪”，自成一体，一洗六朝以来铅黛，为唐宋散文八大家之首。有《昌黎先生集》。

【注释】

①石鼓：见前注。

②张生：《全唐诗》注为张籍。一说张彻。

③少陵：指杜甫。谪仙：被贬下凡的天仙，指李白。据传贺知章一见李白就说他是“谪仙人”。

④周纲：周王朝的政权。

⑤宣王：周宣王姬静，公元前827—公元前781在位。挥天戈：指周宣王征伐戎狄。

⑥蒐:同“搜”,指春秋围猎。

⑦嵯峨:指高峻的山峰。

⑧山阿:山中曲处。此谓山陵。

⑨呵:唱叱。意为不容他物侵犯石鼓。

⑩隶与蝌:指隶书和大篆。

⑪蛟鼍:蛟龙,即称扬子鳄。

⑫鸾翔凤翥:鸾,传说是凤凰一类的鸟。翥,鸟飞。谓石鼓文字形美妙。珊瑚碧树:指珊瑚树。班固《西都赋》:珊瑚碧树周阿而生。柯:草木的枝茎。

⑬古鼎跃水:传说周朝重器九鼎沉没在泗水,秦统一后曾浮出水面。龙腾梭:相传晋陶侃少时打鱼得一织布梭,拿回家挂在墙上,忽儿雷雨大作,布梭化龙而去。此谓石鼓文体神姿非凡。

⑭陋儒编诗:儒家认为在孔子删定《诗经》前,已有儒者编成的诗集。二雅:指《诗经》中的“大雅”“小雅”。委蛇:同“逶迤”。

⑮孔子西行:谓孔丘从鲁国向西游历列国,独未至秦。未能看到石鼓文。

⑯掎摭:采取。羲娥:古神话太阳的驾车人,此指日。娥,嫦娥,此指月。此谓石鼓文如同日月。

⑰元和:唐宪宗年号。时年韩愈召为国子监博士。

⑱掘臼科:指发掘石鼓文。

⑲濯冠沐浴:古人朝见拜会前要洗帽子洗澡,一种礼节。祭酒:太学里的长官,是博士的上司。

⑳郜鼎:周朝从宋国取来供在太庙的鼎。郜国(今山东城武县)所制大鼎。《春秋·桓二年》:取郜大鼎于宋,戊申,纳于大庙。

㉑观经:蔡邕等人在太学刊立“六经”碑事,世称“熹平石经”。填咽:“填噎”,拥挤堵塞貌。

㉒此句指石鼓文较熹平石经更吸引人。

㉓期无佗:意谓免于发生其他意外。

㉔讵肯:岂肯。媕婀:无主见。

㉕此句指韩愈从元和元年建议对石鼓进行管理算起已经六年。

㉖此句有贬王羲之书,褒扬石鼓文之谓。

㉗继周八代：指周朝后的八个朝代：秦、汉、魏、晋、北魏、北齐、北周、隋。

㉘则那：又奈何。

㉙丘轲：指孔丘、孟轲。

㉚蹉跎：本指岁月虚度。此谓韩愈建议把石鼓运到太学的意见未被采纳，感慨为之。

洛中寺北楼见贺监草书御题[①]

刘禹锡

高楼贺监昔曾登，壁上笔踪龙虎腾。
中国书流尚皇象[②]，北朝文士重徐陵[③]。
偶因独见空惊目，恨不同时便伏膺[④]。
唯恐尘埃转磨灭，再三珍重嘱山僧。

刘禹锡(772—842)，字梦得，彭城(今江苏徐州)人。贞元进士，授监察御史，官终检校礼部尚书。其诗吸收民歌的优点，通俗清新。有《刘梦得文集》。《书论》一篇为后代学书者所重。

【注释】

①洛中寺：待考。贺监：贺知章(659—744)，字季真，越州永兴(今浙江杭州)人。武则天时进士，曾由张说奏荐，入丽正殿修书，后迁太子宾客，称"书监"。朱长文《续书断》："贺知章字季真，越州永兴人，性旷夷，擢进士，超拔群类。开元中，迁太子宾客秘书监。晚节尤诞放，遨嬉里巷，自号'四明狂客'。秘书内监，每醉辄属文，笔不停辍。善草、隶，好事者具笔砚从之，意有所惬，不复拒，一纸才十数字，世甚珍之。天宝初，病，梦游帝居，数日寤，乃请为道士还乡里。卒年八十六，或传其仙去，人有遇之者。"

②皇象：三国吴书法家。张怀瓘《书断》："吴皇家字休明，广陵江都人也。官至侍中，工章草，师于杜度。……抱朴云：书圣者皇象。怀瓘以为右军隶书以一形而众相、万字皆别；休明章草虽相众而形一。万字皆同，各造其极。则实而不朴，文而不华，其写《春秋》最为绝妙。八分雄才逸力，乃相亚于蔡邕，而妖冶不逮，通议伤于多肉矣。休明章草入神，八分入妙，小篆入能。"

时与严武之棋,曹不兴之画共称“三绝”。有《天发神谶碑》《松江本急就章》传世。

③北朝:南北朝时,北魏、东魏、西魏、北齐、北周的总称。徐陵:南朝陈文学家(507—583),字孝穆,东海郯(今山东郯城)人。梁时官东宫学士,陈时历任尚书左仆射、丹阳尹、中书监。其诗歌和骈文轻靡绮艳,是当时宫体诗重要作者之一。与庾信齐名,世称“徐庾”。著有《玉台新咏》。

④伏膺:同“服膺”,牢记在心。

赠柳宗元诗(编者加题)

刘禹锡

日日临池弄小雏，还思写论付官奴[①]。
柳家新样元和脚[②]，且尽姜芽敛手徒。

【注释】

①付官奴:指王羲之《官奴帖》一事。

②元和脚:指柳宗元独特的书法风格。元和指唐元和年间元稹、白居易诗风相埒,时下盛行的诗体,号为“元和体”。刘禹锡、韦应物、白居易合称“三杰”。

又赠柳宗元(编者加题)

刘禹锡

小儿弄笔不能嗔，涴壁书窗且当勤。
闻彼梦熊犹未兆[1]，女中谁是卫夫人。

昔日佣工记姓名，远劳辛苦写西京[2]。
近来渐有临池兴，为报元常欲抗行[3]。

【注释】

①梦熊:古代以梦熊为生男孩之兆,后用作生男的颂语。《诗·小雅·斯干》:“大人占之,维熊维罴,男子吉祥。”唐刘禹锡《苏州白舍人寄新诗有叹早白无儿之句因之赠之》云:“幸免如新分非浅,祝君长咏梦熊诗。”

②写西京:见“乞西宾”释。

③此句化用东晋王羲之语:“吾书比之钟张,钟当抗行……”元常,指钟繇。

送草书献上人归庐山[1]

孟　郊

狂僧不为酒，狂笔自通天。
将书云霞片，直至清明巅。
手中飞黑电，象外泻玄泉[2]。
万物随指顾，三光为回旋[3]。
聚书云霮䨴[4]，洗砚山晴鲜。
忽怒画蛇虺，喷然生风烟。
江人愿停笔，惊浪恐倾船。

孟郊(751—814)，字东野，湖州武康(今浙江武康县)人，做过小官和幕僚。一生处境比较贫困，是个苦吟诗人，很受韩愈器重。由于生活贫困，在诗里反映了当时社会的现实，与贾岛齐名，世称“郊寒岛瘦”。辑有《孟东野诗集》。

【注释】

①草书献上人：生平不详。

②象外：超逸物象之外，指天道也，此谓意境而言。玄：此同“悬”，指瀑布。

③三光：《史记·天官书》：“衡、太微，三光之廷。”《索隐》：“三光，日、月、五星也。”

④霮䨴：幽深貌。谓献上人草书变化莫测。《文选·汉王文考·鲁灵光殿赋》云：“歇欻幽蔼，云覆霮䨴，洞杳冥兮。”

题所书黄庭经后[1]

景　审

金粉为书重莫过，黄庭旧许右军多[2]。
请看今日酬恩德，何似当年为爱鹅[3]。

景审(生卒年不详),南阳(今河南南阳)人。长庆中有善书名。

【注释】

①题注:《宣和书谱》:“景审,南阳人也。工作诗,留心翰墨。长庆中,以泥金正书《黄庭经》一轴,追慕王羲之法,字体独秀润而典则;而作诗以题其卷末云:‘金粉为书重莫过,《黄庭》旧许右军多。请看今日酬仁德,何似当时为爱鹅’。大抵唐人类多工书,然颇自珍惜……”《黄庭经》:道教经名。全称《太上黄庭内景经》《太上黄庭外景经》。内容为七言歌诀,讲说道家养生修炼的道理。

②金粉:指用金箔和胶水制成的书画颜料。右军多:晋王羲之曾小楷书写《黄庭经》。传世石刻拓本以宋秘阁本为最精,越州石氏本亦佳。

③为爱鹅:谓王羲之书《道德经》换山阴道士白鹅之事。

草书屏风[①]

韩　偓

何处一屏风，分明怀素踪。

虽多尘色染，犹见墨痕浓。

怪石奔秋涧[②]，寒藤挂古松。

若教临水畔，字字恐成龙。

韩偓(844—923)，字致尧，自号玉山樵人，京兆万年(陕西西安)人，龙纪进士，官至翰林学士，兵部侍郎。有《韩内翰别集》。

【注释】

①屏风：室内陈设作为挡风或遮蔽的用具。

②此句及以下句指怀素所书草书屏风给人的艺术感受。

赠詧光上人草书歌[1]

吴 融

篆书朴，隶书俗，草圣贵在无羁束。
江南有僧名詧光，紫毫一管能颠狂。
人家好壁试挥拂，瞬目已流三五行。
摘如钩，挑如拨，斜如掌，回如斡；
又如夏禹锁淮神[2]，波底出来手正拔。
又如朱亥锤晋鄙[3]，袖中抬起腕欲脱。
有时软萦盈，一穗秋云曳空阔。
有时瘦巉岩，百尺枯松露槎枿[4]。
忽然飞动更惊人，一声霹雳龙蛇活。
稽山贺老昔所传[5]，又闻能者惟张颠。
上人致功应不下，其奈飘飘沧海边。
可中一入天子国，络素裁缣洒毫墨[6]。
不系知之与不知，须言一字千金值。

吴融(850—903)，字子华，越州山阴(今浙江绍兴)人，龙纪元年(889)进士。官至翰林承旨，能文工诗，与贯休、韩偓，方干等人常相唱和往还。著有《唐英歌诗》三卷等。

【注释】

①詧光：唐代高僧，曾受业于陆希声，得其笔法。《宣和书谱》："释詧光，江南人也。潜心草字，名重一时。吴融赠其歌曰：'忽时飞动更惊人，一声霹雳

龙蛇活’。司空图亦为之歌曰:‘看师逸迹两相宜,高适歌行李白诗’。当时称美著于篇籍者,不可胜数。苟非研精覃思,讵能至是耶?”

②夏禹:黄帝时代帝王,姒姓,亦称大禹、戎禹、禹,名文命。鲧的儿子。《史记·夏本纪》有“禹为人敏给克勤;其惪(德)不远,其仁可亲,其言可信;声为律,身为度,称以出;亹亹穆穆,为纲为纪”。禹奉舜命治水三过家门而不入,历十三年而功成。

③朱亥:战国时魏国人,以屠为业。《史记·魏公子列传》:“侯生谓公子曰:‘臣所过屠者朱亥,比子贤者,世能莫知,故隐屠间耳。’……朱亥袖四十斤铁椎,椎杀晋鄙,公子遂捋晋鄙军。……得选兵八万人,进兵击秦军。秦军解去,遂救邯郸。”此谓围魏救赵事也。夏禹、朱亥两句以形象之笔,给人展现出訔光草书气势非凡、骇人心魄的艺术感受。

④槎:枝丫。枿:树木的根株。树木砍后的再生枝。斜砍者为槎,直斩后而生者为枿。孙过庭《书谱》:“或折挫槎枿,外曜锋芒。”

⑤稽山贺老:指贺知章。

⑥络:粗絮,新织的白粗绢。缣:双丝织成的微带黄色的细绢。此谓供书画用的绢。

东林寺贯休上人篆隶题诗[1]

黄　滔

师名自越彻秦中[2]，秦越难寻师所从。

墨迹两般诗一首，香炉峰下似相逢[3]。

黄滔（生卒年不详），字文江，莆田（今福建莆田）人，乾宁三年（896）进士，官至威武军节度推官等职。能文工诗，诗风清淳丰润、平易近人。著有《黄御史集》等。

【注释】

①东林寺：故址在今江西庐山。晋江州刺史桓伊为释慧远所建。贯休（832—913）：唐高僧，字德隐，俗姓姜。唐兰溪人。七岁出家为僧。善诗、工书画。人称其书为“姜体”，名重吴越一带。有《禅月集》廿五卷存世。

②秦中：今陕西为古秦国之地，故称秦中，也称“关中”。越：古国名，今会稽一带。彻：通、透。此意遍也。

③香炉峰：江西省庐山胜景之一，奇峰突起，状如香炉，峰顶水气郁结，云雾迷漫如香烟缭绕，故名。唐李白诗有“日照香炉生紫烟，遥看瀑布挂前川”之句。

题怀素《酒狂帖》后[1]

杨凝式

十年挥素学临池，始识王公学卫非[2]。
草圣未须因酒发[3]，笔端应解化龙飞。

杨凝式(873—954)，字景度，又称癸巳人，杨虚白、希维居士、关西老农。官至少师，故人称“杨少师”。《宣和书谱》:“杨凝式，华阴人也。形貌寝侻，然精神矍然，腰大于身。善文词，出时辈右。唐昭宗时，初登进士第。终唐之世，为秘书郎，直史馆。仕梁，至考功员外郎。历后唐，至兵部侍郎。于晋，以太子少保分司西洛。至汉，迁太子少师。至周，迁太子太保。自晋迄周，朝廷皆以元老大臣优礼之。喜作字，尤工颠草。居洛下十年，凡琳宫佛祠墙壁间题纪殆遍。然挥洒之际，纵放不羁，或有狂者之目。欧阳修尝跋其字，以谓:‘自唐亡道衰，四海困于兵戈。及我宋兴，天下复归于治，盖百有五十余年。五代之间有一杨凝式，建隆已后有一李建中，二人笔法不同，而书名皆为一时之绝’。后之议者又以谓唐末五代，文章卑污，字画随之。若李建中书，犹有五代以来衰乱之气。而凝式笔迹独为雄强，与颜真卿行书相上下，自是当时翰墨中豪杰。盖昔之名世之书，惟二王而已，后人仿之，莫得其点画。凝式稽究其学，遂能超逸如此，则知作字非小道，而凝式所得可以语其崖略也。”主要传世书迹有《韭花帖》《神仙起居法》等。

【注释】

①《酒狂帖》:清王原祁《佩文斋书画谱·书画题跋记》:"王逸少临钟繇书后,跋尾是唐怀素书,杨凝式鉴定,宝宁寺玩记。王诜宝宁赐第书。"又《云林遗集》记云:"倪瓒八月十一日观于耕渔轩。时积雨初霁,残暑犹炽。王季耕自其山居,折桂药一枝,以石罂注水插花著几格间。户庭闻寂,香气郁然,居玩此卷久之,如在世外也。癸丑。"

②学卫:卫指卫夫人。传为王羲之《题卫夫人笔阵图后》:"予少学卫夫人书,将谓大能;及渡江北游名山,见李斯、曹喜等书,又之许下,见钟繇、梁鹄书,又之洛下,见蔡邕《石经》三体书,又于从兄洽处,见张昶《华岳碑》,始知学卫夫人书,徒费年月耳。"

③未须:未必也。陈师道《晦日》诗:"即事无同异,旁观有是非。食蔬如许瘦,饱肉未须肥。"未须肥,犹云未必肥也。

怀素台歌

裴　说

我呼古人名，鬼神侧耳听。
杜甫李白与怀素，文星酒星草书星。
永州东郭有奇怪，笔冢墨池遗迹在①。
笔冢低低高如山，墨池浅浅深如海。
我来恨不已争得，青天化为一张纸。
高声唤起怀素书，搦管研朱点湘水。
欲归家，重叹嗟。
眼前有三个字：枯树槎，乌梢蛇，墨老鸦②。

裴说(生卒年不详),天祐三年(906),与弟俱登进士。仕为补阙,终礼部员外郎,长于诗。《全唐诗》编诗一卷。

【注释】

①笔冢:埋笔的坟。唐李肇《国史补》:“长沙僧怀素,好草书,自言得草圣三昧,弃笔堆积,埋于山下,号为笔冢。”

②枯树槎,乌梢蛇,墨老鸦:是对怀素草书的形象比喻。陆羽《释怀素与颜真卿论草书》云:“吾观夏云多奇峰辄常师之,其痛快处如飞鸟入林,惊蛇入草……”

题杨少卿书后[1]

安鸿渐

端溪石砚宣城管[2]，王屋松烟紫兔毫[3]。
更得孤卿老书札，人间无此五般高[4]。

安鸿渐，生平不详。

【注释】

①杨少卿：即杨凝式。

②端溪：今广东肇庆有端溪水，盛产石砚，端溪石砚自唐以来，皆为世重。端溪石砚以石质坚润细腻，但腻而不滑，坚而不燥，贮水不涸，历寒不冰，为历代文人墨客所钟爱。宣城：安徽宣城。自唐以来不仅盛产宣纸，而且制笔也久负盛名。

③王屋松烟：王屋山之松烟墨。紫兔毫：一种兼毫毛笔。

④五般：指诗中言文房四宝及杨少卿书法。

山寺见杨少卿书壁因题其尾①

冯少吉

少卿真迹满僧居，只恐钟王也不如。
为报远公须爱惜，此书书后更无书。

冯少吉(919—963)，字惟一，瀛州景城(今河北河间)人。五代名臣冯道之子，官至太常少卿。嗜学、善文，工学草隶，尤雅善琵琶。性狂荡滑稽，每雅士宴集，弹琵琶、赋诗、起舞，谓之“三绝”。

【注释】

①杨少卿：即杨凝式。《旧五代史》云：“凝式虽仕历五代，以心疾闲居，故时人目以风(疯)子，其笔迹遒放，宗师欧阳询与颜真卿而加以纵逸，即久居洛，多遨游佛道祠，遇山水胜迹，辄流连赏咏，有垣墙圭缺处，顾视引笔，且吟且书，若与神会。”

陈氏童子草书歌

皎　然

书家孺子有奇名[①]，天然大草令人惊。

僧虔老时把笔法[②]，孺子如今皆暗合。

飙挥电洒眼不及，但觉毫端鸣飒飒。

有时作点险且能，太行片石看欲崩[③]。

偶然长掣浓入燥，少室枯松欹不倒[④]。

夏室炎炎少人欢，山轩日色在阑干。

桐花飞尽子规思，主人高歌兴不至。

浊醪不饮嫌昏沉[⑤]，欲玩草书开我襟。

龙爪状奇鼠须锐，冰笺白皙越人惠[⑥]。

王家小令草最狂，为予洒出惊腾势。

皎然(730—799)，名昼，字清昼。俗姓谢，吴兴长城(今浙江长兴县)人。谢灵运十世孙。出家后，居吴兴杼山妙喜寺，与灵澈、陆羽、颜真卿、韦应物等人友善，诗文唱和。其诗清淡闲适，富于深厚的意境和情趣。《宋高僧传》谓其“文章俊丽，当时号为释门伟器”。有《杼山集》十卷传世。另有《诗式》《诗议》《诗评》等著作传世。

【注释】

①孺子：指小孩。

②僧虔：王僧虔(426—485)，南朝齐书法家。字简穆，琅琊(山东临沂)人。王羲之四世族孙，官至尚书令。喜文史、善音律。张怀瓘《书断》：“虞龢

云:僧虔寻得书术,虽不及古,不减郗家所制。然述小王尤尚古,宜有丰厚淳朴,稍乏妍华,若溪涧含冰,冈峦被雪,虽其清肃,而寡于风味。子曰:‘质胜文则野’。是之谓乎。永明三年卒,僧虔隶,行入妙,草入能。”

③太行:指太行山。

④少室:指少室山。在今河南登封。即嵩山的西部,东部为太室山,统称为嵩山。

⑤浊醪:浊酒。晋左思《魏都赋》:“清酤如济,浊醪如河。”

⑥冰笺:指宣纸。

观怀素草书歌

贯　休

张颠颠后颠非颠，直至怀素之颠始是颠。
师不谭经不说禅[①]，筋力唯于草书朽。
颠狂却恐是神仙，有神助兮人莫及。
铁石画兮墨须入，金尊竹叶数斗余。
半斜半倾山衲湿[②]，醉来把笔狞如虎。
粉壁素屏不问主，乱拏乱抹无规矩。
罗刹石上坐伍子胥[③]，蒯通八字立对汉高祖[④]。
势崩腾兮不可止，天机暗转锋芒里。
闪电光边霹雳飞，古柏身中浮龙死[⑤]。
骇人心兮目眩瞑[⑥]，顿人足兮神辟易[⑦]。
乍如沙场大战后，断枪橛箭皆狼藉。
又似深山朽石上，古病松枝挂铁锡[⑧]。
月兔笔，天灶墨[⑨]，斜凿黄金侧锉玉，珊瑚枝长大如束。
天马骄狞不可勒，东却西南又北倒，还起断复续。
忽如鄂公喝住单雄信[⑩]，秦王肩上剔著枣木槊[⑪]。
怀素师，怀素师，若不是星辰降瑞，即必是河岳孕灵。
固宜须冷笑逸少，争得不心醉伯英。
天台古杉一千尺，崖崩劚折何峥嵘[⑫]。
或细微仙衣半拆金线垂。或妍媚桃花半红公子醉。
我恐山为墨兮磨海水，天与笔兮书大地，乃能略展狂僧意。

常恨与师不相识，一见此书空叹息。
伊昔张渭[13]、任华、叶季良，
数子赠歌岂虚饰，所不足者浑未曾道著其神力。
石桥被烧却，良玉不土蚀，锥画沙兮印印泥[14]。
世人世人争得测？知师雄名在世间，明月清风有何极[15]。

贯休(832—912),《宣和书谱》:“释贯休,字德隐,姓姜,婺州兰溪(今浙江兰溪)人。七岁出家。日诵书每过千字,不复遗忘。工为歌诗,多警句。脍炙人口。以至丹青之习,皆怪古不媚,作《十六大阿罗汉》,笔法略无蹈袭世俗笔墨畦畛,中写己状,眉目亦非人间所有近似者。天复中入蜀,往益州东禅院,赐号禅月。作字尤奇崛,至草书益胜,崭峻之状,可以想见其人。喜书《千字文》,世多传其本。虽不可以比迹智永,要自不凡。有歌诗千余首,号《禅月集》,行于世。”

【注释】

①谭:同“谈”。

②山衲:山野和尚所著之僧衣。

③罗刹石:罗刹,佛家对恶鬼的通称。罗刹石指形奇状怪使人望而生畏的怪石。伍子胥(公元前559—公元前484):春秋时人,吴大夫,名员,字子胥,楚大夫伍奢之子。父兄被楚平王杀害。子胥奔吴,吴封以申地,故称申胥。与孙武共佐吴王阖闾伐楚、五战入郢都,掘平王墓,鞭尸三百。吴王夫差败越,越请和,子胥谏不从,夫差信伯嚭谗,迫子胥自杀。

④蒯通:秦汉之际策士。范阳(河北徐水)人。《史记·淮阴侯列传》:“齐人蒯通知天下权在韩信,欲为奇策而感动之,以相人说韩信曰:‘仆尝受相人之术’。”劝韩信取齐地,并劝韩信背汉自立。八字:星命术士以人出生的年、月、日、时为四柱,配合干支,合为八字,用来推算命运的好坏。蒯通即以此术劝

韩信背汉。汉高祖(公元前256—公元前195):即刘邦。秦末农民起义军领袖、西汉王朝的创建者,字季,沛县(江苏沛县)人。

⑤浮龙:浮,当为“洴”字的异写。《玉篇·水部》:“洴,乾也。”浮龙,干龙。

⑥眡瞑:因受惊吓而睁大眼睛凝视。

⑦辟易:因受惊吓而后退。此句皆言怀素草书给人的视觉冲击。

⑧铁锡:即锡杖。

⑨月兔笔:谓月宫玉兔之毛所制毛笔。喻笔的珍贵。天灶墨:谓玉皇大帝之灶灰制墨,谓墨的高贵。

⑩鄂公:即尉迟恭,名敬德。唐时李世民麾下之大将,勇武善战,封鄂国公。单雄信(?—621):唐初瓦岗寨起义军中大将,作战骁勇,号为“飞将军”,后被李世民所杀。

⑪秦王:指李世民。未做皇帝时的封号。

⑫劁折:割断貌。

⑬伊昔:语词,指从前,张谓、任华、叶季良:皆为诗歌咏怀素草书之诗人。

⑭锥画沙兮印印泥:颜真卿《述张长史笔法十二意》:“曰:‘敢问长史神用执笔之理,可得闻乎?’长史曰:‘予传授笔法,得之于老舅彦远曰:‘吾昔日学书,虽功深,奈何迹不至殊妙。后问于褚河南,曰:‘用笔当须如印印泥。’思而不悟,后于江岛,遇见沙平地静,令人意悦欲书,乃偶以利锋画而书之,其劲险之状,明利媚好,自兹乃悟用笔如锥画沙,使其藏锋,画乃沉着……’”

⑮明月清风:亦“清风明月”。喻超尘脱俗的风貌。此谓怀素草书高名过之,享誉世间。

曹娥碑[①]

贯　休

高碑说尔孝应难，弹指端思白浪间。
堪叹行人不回首，前山应是苧罗山[②]。

【注释】

①曹娥，东汉会稽郡人，相传其父五月五迎神，溺死江中，尸骸流失。曹娥时年十四岁，沿江哭号十七昼夜，悲痛至绝投江而死。三国时魏邯郸淳撰《曹娥碑》。现碑已不存，后世所传《曹娥碑》，一为晋人墨迹摹刻的拓本，宋拓《临江戏鱼堂帖》本题作"晋右将军王羲之书"；刻本以宋越州石氏本为最早，又收入《鼎帖》《群玉堂帖》《星凤楼帖》《停云馆帖》《三希堂帖》中。一为宋元祐八年蔡卞重书，题作"后汉会稽上虞孝女曹娥碑"，行书。《金石萃编》有录。

②苧罗山：即今浙江诸暨市南，相传为西施出生地。《会稽志》："苧罗山在诸暨县南五里。"《舆地志》："诸暨市苧罗山西施施旦所居。"

䛒光大师草书歌

贯　休

雪压千峰横枕上，穷困虽多还激壮。
看师逸迹两相宜，高适歌行李白诗[①]。
海上惊驱山猛烧，吹断狂烟著沙草。
江楼曾见落星石，几回试发将军炮。
别有寒雕掠绝壁，提上玄猿更生力[②]。
又见吴中磨角来，舞槊盘刀初触击。
好文天子挥宸翰[③]，御制本多推玉案。
晨开水殿教题壁，题罢紫衣亲宠赐[④]。
僧家爱诗自拘束，僧家爱画亦局促。
唯师草圣艺偏高，一掬山泉心便足。

【注释】

①高适(704—765):唐著名诗人,字达夫,渤海蓨(今河北景县)人。早年仕途失意。后客游河西,为歌舒翰书记。历任淮南、西川节度使,终散骑常侍。封渤海县侯。边塞诗和岑参齐名,并称“高岑”,风格也大略相近。有《高常侍集》。

②玄猿:黑猿。玄,黑色。

③宸翰:帝王的书迹。《唐诗纪事》:“上官昭容《十月驾幸三会诗》:‘宸翰陪瞻仰,天杯接献酬’。”

④题罢紫衣亲宠赐:指昭宗时被召入宫,于御榻前作书,赐紫袍,供奉翰林。

谢西川昙域大师玉筋篆书[1]

齐　己

玉筋真文久不兴，李斯传到李阳冰[2]。

正悲千载无来者，果见僧中有个僧。

齐己(863—937)，名得生，俗姓胡。五代益阳(今湖南益阳)人。唐著名诗僧。《宣和书谱》:“少为浮图氏，学戒律之外，颇好吟咏，亦留心书翰，传布四方，人以其诗并传，逮今多有存者。……笔迹洒落，得行字法，望之知其非寻常释子所书也。……然操行自高，未始妄谒侯门，以冀知遇，人颇称之。”有《白莲集》十卷传世。

【注释】

①昙域大师:生卒年不详。五代十国前蜀诗僧。贯休弟子，工诗善草书，与齐己友善。玉筋篆:对小篆的别称，相传为秦李斯所创。

②李阳冰:约生于唐玄宗开元年间，字少温，李白族叔。赵郡(今河北赵县)人。曾为集贤院学士，官至将作少监，人称“李监”。《宣和书谱》:议者以“虫蚀鸟迹”语其形，“风行雨集”语其势，“太阿龙泉”语其利，“嵩高华岳”语其峻，实不为过论。有唐三百年以篆称者，惟阳冰独步。舒元舆作《玉筋篆志》亦曰:阳冰之书，其格峻，其力猛，其功备，光大于秦斯倍矣……

送楚云上人往南岳刺血写《法华经》[1]

齐　己

剥皮刺血诚何苦，欲写灵山九会文[2]。
十指沥干终七轴，后来求法更无君。

【注释】

①楚云上人：生卒年不详。南岳：即衡山。《法华经》：即《妙法莲华经》的简称，为佛教主要经典之一。经中宣扬三乘归一之旨，自以其法微妙，如莲华居尘不染，故名《妙法莲华经》。

②九会文：九会，佛家九番之法会。九会文，也称“九会说”。佛说华严经，依旧译六十卷经则为七会、八会，依新译八十卷经则为七会、九会也。

题李阳冰玉箸篆词

舒元舆

斯去千年[1]，冰生唐时[2]。
冰复去矣，后来者谁？
后千年有人谁能待之。
后千年无人篆止于斯。
呜呼！主人为吾宝之！

舒元舆(791—835)，唐文学家，婺州东阳(浙江东阳)人。官至同中书门下平章事。工诗善文。有《舒元舆集》。

【注释】

①斯：即李斯。

②冰：即李阳冰。

䛒光大师草书歌

司空图

羸病爱师书劲逸，翻作长歌助狂笔。
乘高擂鼓震川原①，惊迸骅骝几千匹②。
落笔纵横不离禅，方知草圣本非颠。
歌成兴扫松斋壁，何似曾题《说剑篇》③。

司空图(837—908),字表圣,河中虞乡(今山西永济)人。唐著名诗人、诗论家。官至知制诰,中书舍人。有著名的《诗品》二十四则,以四言韵语,咏述诗的二十四种境界,对后世诗论和文学批评影响很大。有《司空表圣文集》传世。

【注释】

①擂鼓:急促击鼓。

②骅骝:赤色骏马,亦称枣骝马,相传为周穆王"八骏"之一。

③《说剑篇》:庄子著。高适诗有:"说剑增慷慨,论交持始终。"

观梦龟草书[1]

僧可朋

欲尽金钟数斗余，从容攘臂立踟蹰。
先教侍者浓磨墨，不揖傍人欻便书[2]。
画状倒松横洞壑，点麄飞石落空虚[3]。
兴来乱抹亦成字，只恐张颠颠不如。

僧可朋(生卒年不详),自号“醉髡”,五代十国、后蜀丹棱(今四川丹棱)人。工诗,好饮酒。诗风雄阔。《全唐诗》编诗四首。

【注释】

①梦龟:生平事迹不详。

②欻:忽然。

③麄:粗。《淮南子·本经》:“故道可道,非常道;名可名,非常名;著于竹帛,镂于金石,可传于人者其麄也。”

殷贤戏批书后寄刘连州并示孟仑二童[1]

柳宗元

家有右军书，每纸背庾翼题云[2]：王会稽六纸，二月三十日。

书成欲寄庾安西，纸背应劳手自题。
闻道近来诸子弟，临池寻已厌家鸡。

柳宗元(773—819)，字子厚，河东(今山西永济)人，贞元进士。曾任礼部员外郎，后贬为永州司马，官终柳州刺史。工诗善书，与韩愈一起为古文运动之主将，为“唐宋八大家”之一。为文峭拔矫健，为诗清峭凌峻。著有《河东先生集》。书论《笔精赋》为后世所重。

【注释】

①刘连州：刘禹锡。孟仑二童：旧注为刘禹锡的两个儿子。

②庾翼(305—345)：字稚恭。颍川鄢陵(今河南鄢陵)人。庾亮弟，官拜征西将军，后赐都亭侯，又荆州刺史等职。精书道，工草、隶、章草。时与王右军齐名，唐张怀瓘《书断》评其曰：“翼善草隶书，名亚右军，殊为世重。”

又二首

柳宗元

闻道将雏向墨池，刘家还有异同词[①]。
如今试遣隈墙问，已道世人哪得知。

世人悠悠不识真，姜芽尽是捧心人[②]。
若道柳家无子弟，往年何事乞西宾[③]。

【注释】

①刘家:指刘禹锡。

②姜芽:一种多年生草本植物的嫩芽。指书法作品的拙劣。捧心人:指东施效颦事。喻学习书法的不得当。

③西宾:旧时宾位在西,故称。常用指对家塾教师或幕友的敬称。刘禹锡曾请柳宗元写过一帙《西都赋》。

又二首

柳宗元

小学新翻墨沼波，羡君琼树散枝柯。
左家弄玉唯娇女，空觉庭前鸟迹多。

事业无成耻艺成，南宫起草旧连名[①]。
劝君火急添功用，趁取当时二妙声[②]。

【注释】

①南宫:古代指尚书省、礼部。此句谓柳宗元和刘禹锡一起为官,诗文俱佳,时并称“刘柳”。

②二妙:指同时以才艺著名的二人。晋卫瓘、索靖俱善草书,时人号为“一台二妙”。

宋

SONG

阳冰篆[①]

王禹偁

泠泠庶子泉[②]，落落阳冰笔。
云气势崩垂，龙蛇互蟠屈[③]。
峄山既劆灭，石鼓又缺失。
唯兹数十字，遒劲倚云窟。
模印遍华夷，流传耀缃帙[④]。
书诚一艺尔，小道讵可忽[⑤]。
乃知出人事，千古名不没。

王禹偁(954—1001),字元之,济州钜野(今山东巨野)人。太宗太平兴国八年(983)进士。仕右拾遗,以敢言著称。累官左司谏、知制诰等。王禹偁才学敏捷,以直道自任,屡被摈斥。喜称奖后进,当时名士,多出其门。诗文多涉规讽,风格平易,一扫宋初西昆浮艳文风。有《小畜集》《小畜外集》。

【注释】

①阳冰:即李阳冰。

②泠泠:清凉冷清貌。庶子泉:指李阳冰《庶子泉铭》。《方舆胜览》:庶子泉在琅琊山宝应寺,唐李幼卿守滁州,今有庶子泉。欧阳永叔(修)云:"庶子泉铭,李阳冰撰并书。庆历五年,余贬滁阳,屡至阳冰刻石处,未尝不徘徊其下。庶子泉昔为流溪,今为山僧填为平地起屋其上。问其泉,则指一大井曰:此庶子泉也,可不惜哉!"

③此句指李阳冰篆书给人以强烈的视觉感受。唐戴叔伦《怀素上人草书歌》诗有“龙蛇腾盘兽屹立”句。

④湘帙:指竹编的书套。泛指书籍。此谓书画。

⑤讵:何,岂。

谢宣赐御草书急就章并朱邸旧集歌[1]

王禹偁

臣闻伏羲画卦朴且淳[2]，仓颉造字初有文[3]。
大篆小篆八分体，楷隶章草何纷纭。
因兹八法各有要[4]，遂使六艺区以分[5]。
其中最难惟草圣，玄妙功夫自天性。
又闻关雎本王化[6]，四始洋洋风化下。
比兴赋颂六义分[7]，乃有变风兼变雅。
仲尼删后屈平作，郢客李陵斗名价[8]。
古来诗道难得人，其唱弥高和弥寡[9]。
如今草圣与雅言，尽在吾皇万机暇。
元年十月近乾明，崇文院静寒霜晴[10]。
直庐日午雠书罢，闲曳朱衣绕砌行[11]。
中使传宣来上界，忙把鱼须下阶拜[12]。
宝函钿轴光陆离，御札文书御制诗。
折腰搢笏拭双目，汗流魄骇聊一窥[13]。
急就章，何纵横，蓝田种玉苗初成[14]。
雪花洒破烟岚壁，黑云漏出天汉星。
乍似鲛人泣下珠无数，错落晶荧满盘贮[15]。
又似大鲸吞尽沧海波，查牙露出珊瑚树[16]。
朱邸集[17]，何清奇，仙风撼动琼林枝。

汉皇休道白云句，穆满虚吟黄竹诗[18]。
乍似三春直上伯阳台，熙熙物华眼前开[19]。
又似十洲夜伴王母宴，鸾歌凤吟次第来[20]。
小臣再拜受一轴，捣纸抄诗抄未足。
焚香朝向天日看，执简夜对星辰读。
臣见高宗飞帛亦有名，笔迹往往颁公卿[21]。
所得不过三五字，当时臣子犹为荣。
又见玄宗诗什颇留意，吟咏时时成御制[22]。
属和止于一百篇，至今史册犹为贵。
若征往事比明时，万分之一徒尔为。
未知我四十三纸圣人作，一百二章天子诗。
永为家宝藏书箧，岂让西方贝多叶[23]。
且教世世传子孙，长与皇家作臣妾。

【注释】

①宣赐:古代帝王赐物品给幕僚。御草书:皇帝草书书法。急就章:即“急就篇”,西汉史游撰。以日常生活之事物编成韵语,教童识字,首字有“急就”二字,故曰“急就章”。《朱邸集》:朱邸,汉制,诸侯朝天子在京师立舍名邸,诸侯王以朱红漆门,故称朱邸,后泛指豪门达官之所。

②伏羲画卦:伏羲,传说中远古帝王,即太昊,风姓,也称青帝,所处时代为旧石器时代中晚期,是古代传说中的中华民族人文始祖。是中国古籍中记载的最早的王。《白虎通》云:“仰观象于天,俯察法于地,因夫妇,正五行,始定人道。画八卦以治下,治下伏而化之。”

③仓颉造字:见前注。

④八法:即“永字八法”,前人对书法笔画的形象诠释。唐张怀瓘《玉堂禁经》:“大凡笔法,点画八体,构于‘永’。侧不得平其笔,勒不得卧其笔,弩不得

且，直则无力。趯须蹲其锋，得势而出。策须背笔，仰而策之。掠须笔锋，左出而利。啄须卧笔疾罨，磔须趯笔，战行右出。”又“八法起于隶字之始，后汉崔子玉历钟、王已下，传授所用八体该于‘万’字。”欧阳询也有“八诀”之论同于此。

⑤六艺：《周礼·地官·保氏》：“保氏掌谏王恶，而养国子以道，乃教之六艺：一曰五礼，二曰六乐，三曰五射，四曰五御，五曰六书，六曰九数。”即礼、乐、射、御、书、数六种科目。周代重视贵族教育，六艺是必备的知识和技能。同时也有一种是“六经”，即诗、书、礼、乐、易、春秋。这都是对贵族子弟的基本要求。

⑥关雎：《诗经·周南》首篇。《论语·八佾》：“关雎乐而不淫，哀而不伤。”此指《诗经》。

⑦比兴赋颂六义分：《诗·大序》说诗有六义。指风、雅、颂、赋、比、兴。风、雅、颂指诗的三种体裁。赋、比、兴是诗的三种艺术表现手法。

⑧仲尼句：仲尼，孔子字。相传孔子曾删诗书，定礼乐，赞周易，修春秋。屈平：屈原名，又自称名正则，字灵均。战国时楚臣，诗人，开创楚辞一派文体。《文心雕龙·比兴》：“楚襄信馋，而三闾忠烈，依《诗》制《骚》，讽兼‘比’‘兴’。”郢客：指善歌之人。这里指司马迁。司马迁因上书替李陵降匈奴辩解，触怒武帝，被处以宫刑。后任中书令，发愤著《史记》。该书被鲁迅誉为“史家之绝唱，无韵之《离骚》。”李陵（？—前74）：西汉将，字少卿，陇西成纪（今甘肃秦安）人，李广之孙。《汉书》称其“善骑射，爱人谦让下士”，“有广之风”。天汉二年（前99），率步骑五千余出居延北击匈奴，遇敌十万余，陷重围，他苦战九天，终因矢尽粮绝而降匈奴。武帝闻之，族其家。后病死于匈奴。

⑨其唱弥高和弥寡：指曲高和寡。

⑩崇文院：即唐时“崇文馆”。初名崇贤馆，掌经籍图书，教授诸生课试举送，设学士、校书郎等官。

⑪直庐：值宿的处所。雠书：《说文解字》：“雠，犹雁也，从言雔声，市流切。”雠书，校书意。《新唐书·王珪传》：“召入秘书内省，雠定群书。”

⑫中使：帝王宫廷中派出的使者，多由宦官充任。鱼须：鲛鱼之皮。“须”为“颁”字讹写，“颁”与“斑”通。鱼皮有斑，可以为饰，故大夫用以饰笏。《礼·

玉藻》:“笏,天子以球玉,诸侯以象,大夫以鱼须文竹,士竹本,象可也。”

⑬搢笏:古代官员插笏于腰带上。《宋书·礼志·五》:“古者贵贱皆执笏。其有事则搢之于腰带,所谓搢绅之士者,搢笏而充绅带也,绅垂三尺。笏者有事则书之。”搢,插也。

⑭蓝田,今陕西省蓝田县,骊山之南阜,出美玉。

⑮晋张华《博物志》:“南海水有鲛人,水居如鱼,不废织绩,其眼能泣珠。”又“鲛人从水中出,寓人家绩日,卖绢将去,从主人索一器,泣而成珠满盘,以与主人。”前注李商隐诗句:“沧海月明珠有泪”即源此典。比喻御书之珍贵。

⑯形容御草书气势浑大,笔力雄健。鲸吞:指鲸鱼吞食。唐杜甫《戏为六绝句·四》有“或看翡翠兰苕上,未掣鲸鱼碧海中”。

⑰朱邸集:见题解。

⑱汉皇,汉武帝。《汉武帝故事》曰:上行幸河东,祠后土。顾视帝京,欣然中流,与群臣饮蒸。上叹甚,乃自作“秋风辞”曰:“秋风起兮白云飞……”穆满:即周穆王,名满。黄竹:古诗篇名。《穆天子传·五》“日中大寒,北风雨雪,有冻人。天子作诗三章以哀民,曰:‘我徂黄竹。’”因以篇名。唐宋之问有诗云:“一承黄竹咏,长奉白茆居。”

⑲伯阳:指老子。《史记·老子韩非子列传第三》:“《正义》:《朱韬玉札》及《神仙传》云:‘老子,楚国苦县濑乡曲仁里人。姓李,名耳,字伯阳,一名重耳,外字聃。’”物华:自然之景,此谓春天之景。

⑳指唐乐《上元舞》中的十二曲之一。《新唐书·礼乐志·十一》:“上元舞者,高宗所作也……其乐有上元。二仪、三才……十训、得一、庆云之曲,大祠享皆用之。”

㉑高宗:唐高宗李治。

㉒玄宗:唐玄宗李隆基。

㉓贝多叶:一种名称贝多罗树的叶子。古印度人多用此叶写佛经,也称“贝多经”,或“贝叶经”。

磨崖碑[①]

周　缮

贤才思述作，崖石尚磨砻[②]。
元才词华丽，颜公笔迹雄[③]。

笔迹因难泯，词华讵可磨。
二贤名不朽，千古著山阿[④]。

周缮(生卒年不详)，饶州鄱阳(今江西鄱阳)人，惟简子。官至都官员外郎。

【注释】

①磨崖碑：泛指镌刻在高大崖壁上的碑文。此指唐碑，全名为《大唐中兴颂》，元结撰，颜真卿书。《金石萃编》："碑高丈二尺五寸，宽丈二尺七寸。"碑在湖南祁阳浯溪崖壁。拓本有宋吴盱重刻本，四川资州东岩本，四川"剑阁本"，上海艺苑真赏社影印翻刻本。磨，同摩。

②砻：磨。

③元才：元结(719—772)，唐诗人。河南人，官至监察御史，道州刺史，唐古文运动先驱之一。著有《元子》十篇等。颜公：颜真卿(709—785)。宋朱长文《续书断·神品》："颜真卿，字清臣，秘书监师古七世从孙也。系出琅琊，世载名德。天宝末，拜平原太守……《中兴颂》，则闳伟发扬，状其功德之盛……"又元郑杓、刘有定《衍极并注》云："善楷书，行草。盖古书法，晋唐以降，日趋姿媚，至徐、沈辈，几于扫地矣。而鲁公蔚然雄厚齤雅，有先秦科斗、籀隶之遗思焉。"

④山阿：山中曲处。屈原《九歌·山鬼》："若有人兮山之阿，被薜荔兮带女萝。"

题临《兰亭序》①

苏易简

有若似夫子，尚兴阙里门②。
虎贲状蔡邕，犹旁文举樽③。
昭陵一自闭，真迹不复存④。
予今获此本，亦可比玙璠⑤。

苏易简(958—997)，字太简，四川梓州铜山人。太宗太平兴国五年(980)进士。历右拾遗知制诰，翰林学士、中舍书人、充承旨，参知政事等职。《宋史》有传。有文集二十卷，已佚。

【注释】

①《辞海》:"又名《兰亭宴集序》《兰亭集序》《临河序》《褉序》《褉帖》。行书法帖。东晋穆帝永和九年(353)三月三日，王羲之与谢安、孙绰等四十一人，在山阴(今浙江绍兴)兰亭'修褉'，会上各人作诗，并由羲之作序。序中记叙兰亭周围山水之美和聚会的欢乐之情，抒发作者对好景不长、生死无常的感慨。法帖相传之本，共二十八行，三百二十四字。唐为太宗所得，推为王书代表，曾命赵模等钩摹数本，分赐亲贵近臣。太宗死，以真迹殉葬。存世唐摹墨迹以'神龙本'为最著，石刻首推'定武本'。"又朱仁夫《中国古代书法史》:"唐人《兰亭序》摹本传世有三：一、虞世南临本。帖末有'臣张金界奴上进'字样，又称'张金界奴本'。明董其昌认为似永兴(世南字)所临。清乾隆御刻《兰亭八柱帖》，列此本为'八柱第一'。二、褚遂良临本。后有宋米芾题跋，乾隆列为'八柱第二'。三、冯承素摹本，即响拓本，钤有唐中宗'神龙'小印，又称'神龙本'，乾隆列为'八柱第三'。以上为墨迹本。石刻拓本以定武本最

早。据传，唐末有欧阳询临本刻石《兰亭帖》，辽太宗得到后运至北方，后被弃真定中山，为宋祁所获。宋薛珦为定武太守时，另刻一石，此为‘定武兰亭’。今‘定武兰亭’与褚遂良本，均藏北京故宫博物院。”又《佩文斋书画谱·何延之·兰亭记》：“（王羲之）挥毫制序兴乐而书，用蚕茧纸、鼠须笔，遒媚劲健，绝代更无……”

②阙里：相传为孔子授徒之所。后汉称孔子故里为之。

③虎贲：勇士的通称。梁武帝萧衍《古今书人优劣评》云：“王羲之书字势雄逸，如龙跳天门，虎卧凤阙。”

④元郑杓、刘有定《衍极并注》：唐“太宗酷好书法，有诸王真迹三千六百纸，率以一丈二尺为轴，行书目有五十八卷，此书（指兰亭帖）为最，常置坐侧。一日语高宗：‘吾千秋万岁后，可与吾《兰亭》。’及崩，用玉匣藏之昭陵。”

⑤玙璠：美玉名。《左传·定·五年》：“季平子行东野，迁，未至，丙申，卒于房。阳虎将以玙璠敛，仲梁怀弗与。”

送谔师赴王寺丞召写碑[1]

魏　野

才高吐凤欺黄绢，墨妙廻鸾命碧云[2]。
双美便堪传万古，羲之书法退之文[3]。

魏野(960—1019),字仲先,号草堂居士,陕州陕县(今属河南)人。一生不仕,居陕县东郊。真宗大中祥符四年(1011)被荐征召,力辞不赴。广交僧道隐者,与当时名流寇准、王旦等亦有诗赋往还。卒后赠秘书省著作郎。生前有《草堂集》行世。死后,其子魏闲总其诗重编为《钜鹿东观集》十卷。《宋史》有传。

【注释】

①谔师:生平不详。寺丞:在官署做官的副职。寺,官署,官舍。自秦以宦者任外廷之职,而官舍通称为寺。如大理寺、太常寺等。

②谓谔师才气非凡,文采飞扬,书法给人以美妙享受。

③双美:即以下句"羲之书法退之文"喻谔师的才华。退之,指韩愈。

曹娥庙碑[1]

姚　铉

箫鼓声中浪渺瀰[2]，古枫阴砌藓封碑。
行人到此自恭肃，不似巫山云雨祠[3]。

姚铉(968—1020)，字宝之，合肥(今属安徽)人，太宗太平兴国八年(983)进士，官至京东转运使。编有《唐文粹》一百卷存世。有集二十卷，已佚。《宋史》有传。

【注释】

①今《中国书法鉴赏大辞典》收有辽宁省博物馆藏传为王羲之或晋贤书写的绢本《孝女曹娥碑》墨迹。

②箫鼓：萧与鼓。南朝宋鲍照《出自蓟北门行》："箫鼓流汉思，旌甲被胡霜。"

③战国楚宋玉《高唐赋》序：楚襄玉与宋玉游于云梦之台，见高唐之上云气变化无穷。宋玉告诉襄王说那就是朝云，并讲了一个故事："昔在先王(指楚怀王)当游高唐。怠而昼寝，梦见一妇人，曰：'妾，巫山之女也，为高唐之客，闻君游高唐，愿荐枕席。'王因幸之，去而辞曰：'妾在巫山之阳，高丘之阻，旦为朝云，暮为行雨，朝朝暮暮，阳台之下。'旦朝视之，如言，故为立庙，号为'朝云'。"

乡有好事者出君谟行草八分书数幅中有梅圣俞诗一首用成拙句以识二分[1]

杜　衍

莆田笔健与文豪，尤爱南山悬咏高[2]。
欲使英辞长润石，每逢佳句即挥毫[3]。
清如韶濩谐音律，逸似鸾皇振羽毛[4]。
羲献有灵应怅望，当时不见此风骚[5]。

杜衍(978—1057)，字世昌，越州山阴(今浙江绍兴)人。真宗大中祥符元年(1008)进士。官至平章事兼枢密使，皇祐中加封祁国公。《宋史》有传。

【注释】

①君谟：蔡襄字(1012—1067)，宋诗人，书法家，兴化仙游(今属福建)人。天圣进士，官至端正殿学士。正楷端重沉着，行书温淳婉媚，善草书飞白，为"宋四家"之一。善诗文，有《蔡忠惠集》传世。梅圣俞：梅尧臣字，(1002—1060)，宋诗人，宣州宣城(今属安徽)人。官至尚书都官员外郎，有梅都官之称。诗与苏舜钦齐名，故时称"苏梅"。陆游在《梅圣俞别集序》中，曾推欧阳修文、蔡襄书、梅尧臣诗"三者鼎立，各自名家"。诗风古淡、朴实，与欧阳修同为北宋前期诗文革新运动领袖。有《宛陵先生文集》。

②莆田笔健：指蔡君谟。南山悬咏高：南山泛指南面之山。晋陶渊明有诗云："采菊东篱下，悠然见南山。"梅圣俞《田家》诗："南山尝种豆，碎荚落风雨。空收一束萁，无物充煎釜。"《宋诗钞》龚啸云："去浮靡之习于昆体极弊之际，存古淡之道于诸大家未起之先。"钱锺书《宋诗选注·梅尧臣》："梅尧臣反

对这种意义空洞语言晦涩的诗体，主张‘平淡’，在当时有极高的声望，起极大的影响。他对人民疾苦体会很深，用的字句也颇朴素……”

③欲使英辞长润石：此句化南朝文学家谢惠连“英辞润金玉”句而来。英辞：指美好的词句。润石：晋左太冲（思）《吴都赋》：“其奏乐也，则木石润色。”

④韶濩：汤乐名，也作“韶濩”“韶頀”“大濩”。《左传·襄·二十九年》：“见舞韶濩者。”《疏》：“以其防濩下民，故称濩也……韶亦绍也，言其能绍继大禹也。”唐元结诗句有“停桡静听曲中意，好是云山韶濩音。”鸾皇：即鸾与凰（皇），皆属凤类。

⑤羲献：即王羲之、王献之父子。

题怀素自序卷后[①]

杜　衍

狂僧草圣继张颠，卷后兼题大历年[②]。

堪与儒门为至宝[③]，武功家世久相传。

【注释】

①怀素自序卷:即《怀素自叙帖》。该卷纸本草书,卷高28.3厘米,长755厘米,共126行,首6行早损,由宋苏舜钦补书。该卷曾由南唐内府,宋苏舜钦、邵叶、吕辩,明徐谦齐、吴宽、文徵明、项元汴,清徐玉峰、安岐,清内府等收藏。原件现藏台湾故宫博物院。

②卷后兼题大历年:《自叙帖》卷后怀素自题:"大历丁巳冬十月廿有八日"句。

③至宝:非常珍贵之物。

谢御书飞白扇子歌

胡　宿

圣皇多才复多艺，包牺徙云造书契。
坦然制作侔日星，牺有文章贲天地。
太宗飞白入于神，玉堂四字标奇势。
宝跗一学造其精[①]，圣祖神孙知善继。
万几余力表全能[②]，三纪体仁成至治[③]。
金壶贮墨奉严禋，往年大揭明堂门。
素龙鳞角俨欲举，白凤翅翼行将翻。
八会辽邈不可见[④]，六书细碎何足论。
仁慈原庙多珍榜[⑤]，河汉黼黻辉朝昏[⑥]。
天公常敕六丁护[⑦]，在在处处祥烟屯[⑧]。
迩英叨籍侍清切，浴兰每岁逢佳节。
鲛人海底织冰绡[⑨]，宫工天上裁纨雪[⑩]。
弥纶宝箑已珍华[⑪]，泛洒神毫益精绝。
粉如薄雾翳灵芝，淡若轻云拂初日。
免令常侍登御牀，就降王人颁睿札。
玉玺封题光姓名，孤臣拜手欢且荣。
阳炎扇暍昭慈眷，夙夜安民彰圣情。
九门才传妙墨出[⑫]，三殿已觉薰风生[⑬]。
标章有愧参鸿硕，视草无能裨圣明。
短歌莫尽形容美，微志聊依颂叹声。

胡宿(995—1067),字武平,常州晋陵(今江苏常州)人,宋仁宗天圣二年(1024)进士。官至枢密副使,后出知杭州。《宋史》有传。有《文恭集》五十卷、《补遗》一卷传世。

【注释】

①宝跗:指皇帝所用毛笔。汉刘歆《西京杂记》:"天子笔,管以错宝为跗,毛皆以秋兔之毫官师路扈为之,以杂宝为匣,厕以玉丰群羽,皆直百金。"

②万几:指帝王日常的纷繁政务。《书·皋陶谟》:"兢兢业业,一日二日万机。"

③三纪:古历法名。《晋书·律历志》:"孝武太元九年,甲申,天水万芨造三纪甲子元历。"此谓三代也。

④八会:中医称人体内八个气血会合的穴位。

⑤原庙:正庙以外别立之庙。《史记·高祖本纪》:"及孝惠五年,思高祖之悲乐沛,以沛宫为高祖原庙。"

⑥黼黻:古代礼服上绘绣的花纹。《周礼·考工纪》:"黑与青谓之黻……白与黑谓之黼。"此指朝廷的文武官员。

⑦六丁:道教神名,火神。唐韩愈《调张籍》诗有"仙官救六丁,雷电下取将"句。

⑧在在处处:指到处。

⑨鲛人:见前注。

⑩纨雪:洁白的细绢。汉班婕妤《怨歌行》:"新裂齐纨素,皎洁如霜雪。"

⑪宝箑:箑,扇子。《淮南子·精神》:"知冬日之箑,夏日之裘,无用于己,则万物变为尘埃矣。"

⑫九门:谓古制皇帝所居有九门。即路门、应门、雉门、库门、皋门、城门、近郊门、远郊门、关门。

⑬三殿:唐麟德殿别名。《玉海·唐三殿》:"三殿者,麟德殿也。一殿而有三面,故名,亦名三院。"

召赴天章宝文阁观御集赐御书飞白扇子群玉殿赐宴[①]

胡　宿

阿阁藏仙籍，英舆侍睟仪[②]。
珍函开二典[③]，圣藻焕重离[④]。
河洛斯文在，盘盂乃训垂[⑤]。
宝跗亲许视，瑞物遍容窥。
白凤随毫举，苍龙应墨奇。
好文逢汉后[⑥]，观象值庖牺。
溢幅荣分赐，班觞曲示慈[⑦]。
柏梁晨煦洽[⑧]，仙荚昼阴移[⑨]。
和乐韶音美[⑩]，承平镐酒迟[⑪]。
再陪瑶水宴[⑫]，千载庆兹时。

【注释】

①天章:指帝王所作诗文。宝文阁:宋宫殿名。群玉殿:宋宫殿名。

②英舆:对皇帝所居之地的美称。睟仪:仪表温和润泽貌。

③二典:指《尚书》的《尧典》《舜典》。

④重离:繁多漂亮的色彩。《文心雕龙》:"授官选贤则义炳重离之辉,优文封策则气含风雨之润。"

⑤盘盂句:盘盂,盛物的器皿。圆者为盘,方者于盂。盂盘上铭刻文字,用以纪功或作警醒之用。《墨子·非命》:"镂之金石,琢之盘盂,传遗后世子孙。"

⑥好文：指汉朝时文学成就最高。

⑦班觞：指皇帝分赐美酒。

⑧柏梁：谓梁武帝时柏梁台。故址在陕西长安县长安故城内。

⑨仙荚：对皇帝居处灌木丛的誉称。

⑩和乐：和睦安乐。《诗经·小雅·常棣》："兄弟既翕，和乐且湛。"韶音：即《韶乐》。《史记·孔子世家》："（孔子）与齐太师语乐，闻韶音，学之，三月不知肉味。"

⑪承平：太平、治平相承。《汉书·食货志》："今累世承平，豪富吏民訾数钜万，而贫弱愈困。"镐酒：君臣同乐饮之酒。《诗·小雅·鱼藻》："王在在镐，岂乐饮酒。"郑玄笺："天下平安，万物得其性。武王何所处乎？处于镐京，乐八音之乐，与群臣饮酒而已。"

⑫瑶水宴：谓宫廷之宴，指题群玉殿赐宴也。庾信诗："众仙就朝于瑶水，群帝受享于明庭。"

扬雄墨池即草玄所[1]

宋　祁

宅废经池在，人亡墨溜干。
蟾蜍兼滴破[2]，科斗共书残[3]。
蠹罢芸犹翠，蒸余竹自寒。
他杨无可问，抚物费长叹。

宋祁(998—1061)，字子京，开封雍丘(今河南杞县)人，后徙安州之安陆(今属湖北)。仁宗天圣二年(1024)与兄宋庠同举进士。官至翰林学士承旨。

【注释】

①扬雄(公元前53—公元前18)：西汉文学家，哲学家，语言学家。字子云，四川成都人。少好学，博通群书，早年作《长扬赋》《甘泉赋》，哲学论著有《法言》《太玄》等。语言学著作有《方言》和《仓颉篇》编成的《训纂篇》。清代严可均曾重编《扬子云集》。《汉书》谓："实好古而乐，其意欲求文章成名于后世。"草玄所：此谓扬雄书写《太玄赋》之处。岑参《扬雄台》诗："娟娟西江月，犹照草玄台"。

②蟾蜍：指磨墨用的水盂。汉刘歆《西京杂记》："灵公冢有玉蟾蜍一枚，大如拳，腹空容五合水，光润如新，广州王取以盛书滴。"李贺诗云："漏催水咽玉蟾蜍。"

③科斗：《书序》：鲁共王好治宫室，坏孔子旧宅以广其居，于壁中得先人所藏古文、虞夏、商周之书及传，《论语》《孝经》皆科斗文字。韦续《五十六种书》："科斗书因科斗之名，故布之以形。不知年代，或云颛顼、高阳氏所制，今古文是也。"庾信诗云："自然曲木几，无名科斗书。"

孙主簿惠上党寺壁胡霈然书墨迹一匣[①]

梅尧臣

上党佛祠何可观，开元瑞物图高阁[②]。
又有长廊古壁上，复是名辈题丹雘[③]。
当时泥用丝作筋，意欲千载无剥落。
书奇画妙了不识，讹传墨土能治疟[④]。
寺僧不惜人掐取，笔画遂缺如鸟啄。
后来好事恐磨灭，宝刀裁划泥如剥[⑤]。
取之龛置绿板匣，使宝箱楮同美璞。
拂拭还看体势生，盘屈苍虬舞鸾鹫。
在昔不畏屋壁坏，今也常恐儿童扑。
夫君知我心所重，南归赠以致诚悫[⑥]。
此时虽喜落吾手，老大腕硬无由学。
但当拜贶不敢忘，莫为报言曾未数。

梅尧臣(1002—1060),字圣俞,行二,又称梅二十五,宣城(今安徽宣州)人。宣城古称宛陵,故世称宛陵先生。以荫补官,赐进士出身。官至尚书都官员外郎。其诗平淡、朴素、含蓄深刻,与苏舜钦齐名,世称“苏梅”。有《宛陵先生集》传世。

【注释】

①孙主簿:生平不详。上党寺:不详。胡霈然:宋朱长文《续书断》:“胡霈

然,生开元、天宝间。书画遒妙,而格力不扬,时也苏灵芝者,颇好书石,迹与霈然相上下。”

②开元:指书画创作的时间。瑞物:指寺壁所画佛像。

③复是:反复,都是。丹雘:漆画用的红色颜料。

④疟:病名,即由蚊子叮咬引起的传染病。

⑤刬:“铲”的异体字。

⑥悫:朴质、谨慎。

欧阳永叔寄琅琊山李阳冰篆十八字并永叔诗一首欲予继作因成十四韵奉答[1]

梅尧臣

我坐许昌尘土中[2]，山翠泉声违眼耳。
公虽被谪守滁阳，日少郡事穷山水。
东南有风西北来，忽得书诗连数纸。
并寄阳冰古篆字，字形矫矫龙蛇起[3]。
其文乃只题姓名，大历六年春气尾[4]。
报云此篆无人知，野僧好事为公指。
公留岩下久徘徊，公剔莓苔汲泉洗。
点画虽然未苦讹，霜侵风剥多皴理。
公疑鸟迹踏苍崖，山只爱惜将有以。
云藏至今不近俗，月伴古源清且泚[5]。
此石公知石不知，公与前人定知己。
墨模几幅许传玩[6]，譬于玦玉终可喜。
况复为诗刻其下，句奇字峻惊山鬼。
何当少得从公游，为公挥笔宁非美。

【注释】

①欧阳永叔：欧阳修(1007—1072)，北宋文学家、史学家、诗人。永叔为其字，号醉翁，又六一居士。吉州庐陵(江西吉安)人。(详见后)

②许昌：今河南许昌市，古时郡名。

③矫矫，勇武出众貌。唐窦臮、窦蒙《述书赋并注》：李阳冰“工于小篆，初师李斯《峄山碑》，后见仲尼《吴季札墓志》，便变化开合，如虎如龙，劲利豪爽，风行雨集。”

④指阳冰篆碑文所书之时间。

⑤泚：清。《诗·邶风·新台》：“新台有泚。”

⑥墨模：指碑拓。

怀素草书蔡君谟临之绝佳

梅尧臣

往在河南佐王宰，王收书画盈数车。
我于是时多所阅，如今过目无遁差[①]。
石君屏上怀素笔[②]，盘屈瘦梗相交加。
苍虬入云不收尾，卷起海水秋鱼虾。
毫干绢竭力未尽，山鬼突须垂鬅鬙[③]。
牵缠回环断不断，秋风枯蔓连蒂瓜。
纵横得意自奔放，体法岂计直与斜。
客有临书在屏侧，豪强夺骑白鼻騧[④]。
超尘绝迹莫见影，竟爱此家忘彼家。
赏新匿旧世情好，射杀逢蒙亦可嗟。

【注释】

①无遁差:没有隐藏。

②石君屏:指石制的屏风。

③山鬼突须垂鬅鬙:山鬼，山神。《史记·秦始皇纪》:“山鬼固不过知一岁事也。”鬅鬙，头发散乱貌。

④白鼻騧:白鼻身黄嘴黑的马。

二十四日江邻几邀观三馆书画录其所见[1]

梅尧臣

五月秘府始暴书[2]，一日江君来约予。
世间难有古画笔，可往共观临石渠[3]。
我时跨马冒热去，开厨发匣鸣钥鱼[4]。
羲献墨迹十一卷，水玉作轴光疏疏[5]。
最奇小楷乐毅论[6]，永和题尾付官奴。
又看四本绝品画，戴嵩吴牛望青芜[7]。
李成寒林树半枯[8]，黄荃工妙白兔图[9]。
不知名姓貌人物，二公对弈旁观俱。
黄金错镂为投壶，粉障复画一病夫。
后有女子执巾裾，床前红毯平围炉。
床上二姝展氍毹[10]，绕床屏风山有无。
画中见画三重铺，此幅巧甚意思殊。
孰真孰假丹青模，世事若此还可吁。

【注释】

①江邻几：生平不详。三馆：宋设广文、大学、律学三馆，以为教育士子的机构。

②暴书：晒书。暴同“曝”，晒也。《颜氏家训·书证》：“言日中时必须暴晒。不尔者，失其时也。”

③石渠：即石渠阁。汉《三辅旧事》云：“石渠阁在未央大殿北，以藏秘书。”泛指珍藏古代书画之所。

④钥鱼：指门锁。

⑤疏疏：盛眼貌，犹楚楚。此谓书画装帧精美。

⑥乐毅：战国燕将魏乐羊之后。《乐毅论》为魏夏侯玄作。东晋王羲之小楷书之。书于永和四年，相传王羲之书给其子王献之的佳作。官奴是王献之的小字。隋智永《题右军乐毅论后》云："《乐毅论》者正书第一。梁世模出，天下珍之。自萧阮之流，莫不临学。"此后，褚遂良、孙过庭、黄庭坚等推崇备至。

⑦戴嵩：生卒年不详，唐代画家。师韩滉，擅画田家、川原之景。尤以画山泽水牛为著名。时与韩干画马，并称"韩马戴牛"。

⑧李成(919—967)：五代宋初画家，字咸熙，人称"李营丘"。尤擅画山水，和关仝、范宽形成五代北宋间北方山水画的三个主要流派。郭熙得其法，并称"李郭"。

⑨黄荃(？—965)：五代后蜀画家。字要叔，成都人。擅工笔花鸟珍禽，与徐熙并称"黄徐"。有"黄家富贵，徐熙野逸"之评，形成五代、宋初花鸟画的两大流派。

⑩氍毹：毛或毛麻混织的毛布，地毯之类，细者为氍毹。《古乐府诗·陇西行》："请客北堂上，坐客毡氍毹。"

依韵吴冲卿秘阁观逸少墨迹[①]

梅尧臣

奇哉王右军，下笔若神圣。
长戈与伏弩，无不从号令[②]。
贤毫虽林立，帖敛孰敢竞。
师徒气扬扬，龙虎旗正正。
胜声塞宇宙[③]，自昔无此盛。
赫赫犹至今[④]，琐琐曷云并[⑤]。
崇崇中秘书[⑥]，济济士游泳[⑦]。
墨宝收盈厨，来观遇已横。
始知前人迹，镌多自失劲。
纸素傥未坏，万古传莫竟。
一从归人间，梦寐不能更。
但愧将短才，辄尔接高咏。
何羞赵壹穷，自有钟嵘评[⑧]。
尝闻曹将军，尚谙赋竞病[⑨]。
我生群俊末，贫贱亦足庆。
文成终媿君，铅刀值枯梗[⑩]。

【注释】

①逸少：即王羲之。

②王羲之《题卫夫人〈笔阵图后〉云：“每作一戈，如百钧之弩发……”又王

羲之《笔书论·处戈》云:“夫斫戈之法,落竿峨峨,如长松之倚溪谷,似欲倒也,复似百钧之弩初张。处其戈意,妙理虽穷。放似弓张箭发,收似虎斗龙跃,直如临谷之劲烈,曲类悬钩之钓水。崚嶒切于云汉,倒载陨于山崖。天门腾而地户跃,四海谧而五岳封;烛明而日月蔽,绣彩乱而锦纹翻。”王羲之处戈之论,以兵喻书,言之势,言之神。梅诗句引之,谓王羲之书法劲健有力,用笔娴熟。

③胜声:美妙的声音。谓王羲之书法给人以清心悦耳的享受。鲁迅先生在《汉文学史纲要》云:中国书法“具三美,意美以感心,一也;音美以感耳,二也;形美以感目,三也。”

④赫赫:显赫盛大貌。《诗·大雅·常武》:“赫赫明明,王命卿士。”

⑤琐琐:细小卑贱貌。《易·旅》:“旅琐琐,斯其所取灾。”曷,谁。

⑥崇崇:高峻貌。汉扬雄《甘泉赋》:“崇崇圆丘,隆隐天兮。”

⑦济济:众多貌。《书·大禹漠》:“济济有众,咸听朕命。”游泳:本在水中浮游,此谓之在书画前徘徊观赏。

⑧赵壹:东汉光和间辞赋家。字元叔,汉阳西县(今甘肃天水南)人,汉灵帝刘宏光和元年即178年为上计吏入京。所作《刺世疾邪赋》,抒发了对当时奸邪当道、政治黑暗的不满。赵壹曾撰《非草书》一篇,抨击草书。其时草书大盛,赵仍恋于仓颉、史籀,势不所许,故曰“穷”。钟嵘:(约468—约518),字仲伟,颍川长社(今河南许昌)人,生活在南朝、齐、梁间,入梁后,曾为衡阳王萧元简的记室,专掌文翰,因而后人称之为“钟记室”。著有《诗品》,是中国第一部诗论著作。诗品原名《诗评》,唐改题作《诗品》。《诗品·卷下》评赵壹云:“元叔散愤兰蕙,指斥囊钱,苦言切句,良亦勤矣。斯人也而有斯困,悲夫。”

⑨谙:熟悉。

⑩铅刀:以铅为刀,言其钝。喻才力微薄。谦辞。

依韵和睢阳杜相公答蔡君谟新体飞草书[1]

梅尧臣

丹砂篆印发题封[2]，云母屏开照耀中[3]。
漠漠蛟绡吹入纸，翘翘虿发卷随风[4]。
新番自与鸿都异，旧法唯应垩帚同[5]。
丞相报诗何处问，清泠池上雁能通[6]。

【注释】

①睢阳杜相公:生平不详。

②丹砂:朱砂。也作"丹沙"。

③云母屏:汉刘歆《西京杂记》:赵飞燕为皇后,其女弟上云母屏风,琉璃屏风。

④漠漠:无声状。唐王维《积雨辋川庄作》诗云:"漠漠水田飞白鹭,阴阴树木转黄莺。"翘翘:高高出众貌。《诗·周南·汉广》:"翘翘错薪,言刈其楚。"虿发:古代女子的一种发型。以发末梢蜷曲上卷如虿虫而称。此句谓蔡襄飞白草书体势轻盈、飘逸。

⑤鸿都,东汉宫门名。汉灵帝光和元年置鸿都门学生。鸿都门是藏书之所。汉灵帝熹平四年(175),蔡邕奏请正定六经文字,刻石立于鸿都太学门外,即"熹平石经"。垩帚:即刷帚,涂刷墙壁之用。史传蔡邕以垩帚作飞白书。

⑥清泠池:古大泽名。《山海经·中山经》:"神耕父处之,常游清泠渊,出入有光。"

题范希文手书伯夷颂墨迹[①]

富　弼

夷清韩颂古皆无[②]，更得高平小楷书[③]。

旧相佳篇题卷后[④]，苏家能事复何如[⑤]。

富弼(1004—1083)，字彦国。河南(今河南洛阳)人。仁宗天圣八年(1030)举茂才异等，授签书河阳判官。历任知州、枢密使等职。有《富郑公集》传世。

【注释】

①范希文：范仲淹(989—1052)，希文为其字，苏州吴县(今属江苏)人。大中祥符八年进士。历陕西经略安抚招讨副使、参知政事等。与欧阳修等推行新政，兴修水利。卒谥文正。晚年《岳阳楼》为世人所重。有《范文正文集》。《伯夷颂》：唐韩愈(昌黎)所作，范仲淹书。清王原祁《佩文斋书画谱·柳贯·柳待制集》录云："文正公以宝元元年，赴润道谒狄梁公庙为之记立碑。又十三年皇祐三年，镇青社用黄素小楷书《伯夷颂》寄苏才翁。……"又《黄文献公集》："范文正公为苏才翁书《伯夷颂》后有秦会(桧)之太师、贾师宪(似道)太傅两人图记……(文正公)因得以暇日，游心于艺事，才翁善书而深服公楷法之妙，求公为乾卦，而公以字数多眼力不逮故为写此颂卷……"

②夷清韩颂：夷清指伯夷。《史记·伯夷列传》："伯夷，叔齐孤竹君之二子也。父欲立叔齐，及父卒，叔齐让伯夷。伯夷曰：'父命也'。遂逃去，叔齐亦不肯立而逃之。国人立其中子。于伯夷，叔齐闻西伯昌善养老，盍往归焉。及至，西伯卒，武王载木主，号为文王，东伐纣。伯夷、叔齐叩马而谏曰：'父死不葬，爰及干戈，可谓孝乎？以臣杀君，可谓仁乎？'左右欲兵也。太公曰：'此义人也。'扶而去之。武王已平殷乱，天下宗周。而伯夷、叔齐耻之，义不食周

粟。隐于首阳山。采薇而食之。及饿且死,作歌。其辞曰:‘登彼西山兮,采其薇乎,以暴易暴兮,不知其非矣。神农、虞、夏忽焉没兮,我安适归矣?于嗟徂兮,命之衰矣!’遂饿死于首阳山。”《伯夷传》:“子曰:‘道不同不相为谋,’亦各从其志也。故曰:‘富贵如可求,虽执鞭之士,吾亦为之。如不可求,从吾所好。’‘岁寒,然后知松柏之后凋。’举世混浊,清士乃见,岂以其重若彼,其轻若此哉。”清士,清洁高尚之人。韩颂:即韩愈所撰《伯夷颂》。

③高平小楷:指范希文所书《伯夷颂》墨迹。高平指范仲淹。宋黄庭坚《山谷题跋》云:“范文正公书《伯夷颂》极得前人笔意,盖正书易为俗,而小楷难于清劲有精神。如斯人不必以书立名于来世也。然翰墨乃工如是,盖喜多能虽大贤不免焉。”

④旧相:参见①注。

⑤苏家:指苏舜元(1006—1054),北宋诗人,字才翁。绵州盐泉(今四川绵阳)人。官至三司度支判官,诗风豪健,善草书。

题高平公范文正亲书《伯夷颂》卷后范自青州书寄许下[1]

文彦博

书从北海寄西豪[2]，开卷才窥竦发毛。
范墨韩文传不朽，首阳风节转孤高[3]。

文彦博(1006—1097),字宽夫,汾州介休(山西介休)人,北宋文学家。天圣进士。历殿中侍御史,河南知府,丞相,后封潞国公。有《文潞公集》。

【注释】

①青州:古州名,今山东益都县。许下,许昌。时文彦博为河南知府。

②北海:古郡名。今山东益都、寿光、潍坊等地。东汉为北海国。西豪:豪是"亳",西亳即今河南偃师县,商三亳之一,古邑名。此谓河南府。

③孤高:孤特高洁。

石篆诗 并序　庆历五年

欧阳修

某启。近蒙朝恩守此州，州之西南有琅琊山唐李幼卿庶子泉者。某在馆阁时，方国家诏天下求古碑石之文，集于阁下，因得见李阳冰篆庶子泉铭。学篆者云："阳冰之迹多矣，无如此铭者。"常欲求其本而不得，于今十年矣。及此来已获焉。而铭石之侧，又阳冰别篆十余字，尤奇于铭文，世罕传焉。山僧惠觉指以示予，予徘徊其下，久之不能去。山之奇迹，古今纪述详矣，而独遗此字。予甚惜之，欲有所述，而患文辞之不称。思予尝续校：一作常爱其文而不及者，梅圣俞、苏子美也。因为诗一首，并封题墨本以寄二君，乞诗刻于石。

寒岩飞流落青苔，旁斫石篆何奇哉[①]。

其人已死骨已朽，此字不灭留山隈[②]。

山中老僧忧石泐[③]，印之以纸磨松煤。

欲令留传在人世，持以赠客比琼瑰[④]。

我疑此字非笔画，又疑人力非能为。

始从天地胚浑判，元气结此高崔嵬[⑤]。

当时野鸟踏山石，万古遗迹于苍崖。

山只不欲人屡见，每吐云雾深藏埋。

群仙飞空欲下读，常借海月清光来[⑥]。

嗟我岂能识字法，见之但觉心眼开。

辞悭语鄙不足记[⑦]，封题远寄苏与梅[⑧]。

欧阳修(1007—1072),北宋诗人,文学家,史学家。字永叔,号醉翁,六一居士。吉州庐陵(今江西吉安)人。天圣进士。官至枢密副使,参知政事。以文章冠天下。主张文以“明道”“致用”,为诗文革新运动领袖、“唐宋八大家”之一。喜奖掖后进,曾巩、王安石、苏洵父子均受其称誉。与宋祁合修《新唐书》,自撰《新五代史》。有《欧阳文忠公集》。

【注释】

①斫:削、砍。指雕刻。

②山隈:隈,山水弯曲处。

③泐:山石的裂纹。此句指老僧对阳冰篆甚爱。为了流传于世做拓片。“印之以纸磨松煤”即指此事。

④琼瑰:美玉。

⑤元气:中国哲学概念。指产生和构成天地万物的原始物质,或指天地未分前混一之气。《汉书·律历志》:“太极元气,函三为一。”《论衡·言毒》:“万物之生,皆禀元气。”崔嵬:高耸貌。《诗·小雅·谷风》:“习习谷风,维山崔嵬。”

⑥海月:指海上之月。

⑦慳:欠缺。谦辞。

⑧苏与梅:苏,指苏舜钦。梅,指梅尧臣。

和永叔琅琊山庶子泉阳冰石篆诗[1]

苏舜钦

一气破散万事起[2]，独有篆籀含其真。
周鼓秦山坏已久[3]，下至唐室始有人。
宗臣转注得天法，质虽浑厚气乃振。
人间所存十数处，丰疏异体世共珍。
其中琅琊石泉记，比之他法殊不伦。
铁锁关连玉钩壮[4]，曲处力可持万钧。
复疑蛟虬植爪角，隐入翠壁蟠未伸。
近来欲眼苦不赏，惟有风月时相亲。
紫微仙人谪此守，此地胜绝旧喜闻。
公余往观领宾从，猎猎画隼摇青春[5]。
远休车骑步泉侧，酌泉爱篆移朝昏。
挥弄潺湲玩点画，情通恍惚疑前身。
作诗缄本远相寄，邀我共赋意甚勤。
昨承见教久阁笔，压以大句尤难文。
高风胜事日倾倒，安得身寄西飞云。[6]

苏舜钦(1008—1048)，字子美，原籍梓州铜山(今四川中江东南)，自曾祖起移家河南开封。仁宗景祐二年(1035)进士。历县令、集贤院校理、监进奏院。主张改革时弊，受岳父杜衍、范仲淹新政牵连，为人倾害，削职为民，闲居苏州。后复为湖州长史。苏诗粗犷豪迈，指陈时弊，揭露民生疾苦，略无隐讳，与梅诗闲淡风格迥异。与梅尧臣齐名，时称“苏梅”。庆历八年(1048)十二月卒。有《苏学士文集》十六卷。《宋史》有传。

【注释】

①永叔:欧阳修。详见欧阳修《石篆诗》注。

②一气:中国传统哲学认为构成天地万物的基本素质。汉王充《论衡·齐世》:“一天一地，并生万物，万物之生，俱得一气。”

③周鼓秦山:指石鼓文和秦刻石。

④铁锁关连以下两句:形象比喻李阳冰篆书给人带来的美与力的享受。

⑤猎猎:指风声。隼，即鹗。画隼，一种鸟。

⑥高风胜事:高尚的风范，美好的事情。此句是对欧阳修诗和李阳冰篆书的赞美。

读元颜二公《中兴颂碑》[1]

陈　统

中兴碑颂□峥嵘[2]，三百年来蠹不生。
湘水无穷流善价，□山长在耸高名[3]。
文传幼妇词原赡，翰洒崩云笔力精。
按部舣舟思访古[4]，拂尘珍赏眼偏明。

陈统，仁宗景祐五年(1038)为湖南提点刑狱，祠部郎中。

【注释】

①《中兴颂碑》：全称为《大唐中兴颂》，详见前注。

②“□”：吾意为“势”，一者书法上，字形和字势开张舒展，外密内疏，平中求险，整幅气势恢宏，厚重庄严，大气磅礴。二者辞文古雅。

③“□”：吾意为“松”，一者碑在浯溪崖畔，与之相接为松山湘水，松山皆为中兴碑之所在。二者对仗工稳。

④按部：安排。舣舟：船泊岸边。此谓船泊岸边，寻访古碑。

和苏著作[1]麻姑十咏·鲁公碑[2]

李　觏

他人工字书，美好若妇女[3]。
猗嗟颜太师，赳赳丈夫武[4]。
麻姑有遗碑，岁月亦已古。
硬笔可破石，镌者疑虚语。
惊龙索雷斗，口唾天下雨。
怒虎突围出，不畏千强弩。
有海珠易求，有山玉易取。
唯恐此碑坏，此书难再睹。
安得同宝镇，收藏在天府[5]。
自非大祭时[6]，莫教凡眼觑。

李觏(1009—1059)，北宋思想家。字泰伯，世称盱江先生，建昌军南城(江西南城)人。倡立盱江书院，从学者数百人。皇祐二年(1050)范仲淹为太学助教，后为海门主簿，太学说书，以文章知名。其学说有唯物主义因素。拥护新政，斥佛、道二教。有《盱江文集》。《宋史》有传。

【注释】

①苏著作：指苏舜钦。著作，即著作郎官名。三国魏明帝始置著作郎，属中书省，专掌编纂国史。宋代因之。

②鲁公碑：即《有唐抚州南城县麻姑仙坛记》碑。颜真卿撰并书，唐大历六年(771)四月立，原石在江西建昌府南城县，明时毁于火，据剪裱本共901字，拓本绝少。今北京故宫博物院上海博物馆藏有何绍基递传之宋拓本。宋欧阳修《集古录》云："此记遒峻紧结，尤为精悍，笔画巨细皆有法，愈看愈佳。"

③他人句：指王羲之书。张怀瓘《书断》："逸少草有女郎才，无丈夫气，不足贵也。"

④猗嗟：赞叹词。《诗·齐风·猗嗟》："猗嗟昌兮，欣而长兮。"赳赳：健壮威武貌。

⑤天府：指朝廷。参阅后注。

⑥大祭：古代四时之祭，合祭及大丧等祭礼。《周礼·春官·天府》："凡国之玉镇大宝器藏焉，若有大祭大丧，则出而陈之，既事，藏之。"

颜　书

苏　洵

任君北方来，手出邠州碑[①]。
为是鲁公写，遗我我不辞。
鲁公实豪杰，慷慨忠义姿。
忆在天宝末，变起渔阳师[②]。
猛士不敢当，儒生横义旗。
感激数十郡，连衡斗羌夷。
新造势尚弱，胡为力未衰。
用兵竟不胜，叹息真数奇。
杲兄死常山，烈士泪满颐。
鲁公不死敌，天下皆熙熙。
奈何不爱死，再使踏鲸鳍[③]。
公固不畏死，吾实悲当时。
缅邈念高谊，惜哉我生迟。
近日见异说，不知作者谁。
云公本不死，此事亦已奇。
大抵天下心，人人属公思。
加以不死状，慰此苦叹悲。
我欲哭公墓，莽莽不可知。
爱其平生迹，往往或孑遗。

此字出公手，一见减叹咨。
使公不善书，笔墨纷讹痴。
思其平生事，岂忍弃路歧。
况此字颇怪，堂堂伟形仪。
骏极有深稳，骨老成支离[④]。
点画迺应和，关连不相违。
有如一人身，鼻口耳目眉。
彼此异状貌，各自相结维。
离离天上星，分如不相持。
左右自缀会，或作斗与箕。
骨严体端重，安置无欹危。
篆鼎兀大腹，高屋无弱楣。
古器合尺度，法相应矩规。
想其始下笔，庄重不自卑。
虞柳岂不好，结束烦羇羁[⑤]。
笔法未离俗，庸手尚敢窥。
自我见此字，得纸无所施。
一车会百木，后斤斧易为。
团团彼明月，欲画形终非。
谁知忠义心，余力尚及斯。
因此数幅纸，使我重叹嘻。

苏洵（1009—1066），字明允，号老泉，眉山（今属四川）人。得欧阳修推誉，文名大震，为秘书省校书郎，灞州文安县主簿。与姚阙同修礼书，成《太常因革礼》一百卷。英宗治平三年卒，年五十八。长于散文、议论畅明，笔力雄健。与子轼、辙合称“三苏”，为唐宋八大家之一。著有《嘉祐集》。《宋史》有传。

【注释】

①郊州碑：待考。

②忆在天宝末以下句：指天宝末年，玄宗年老昏庸，安禄山在渔阳拥兵谋反，史称“安史之乱”，北方大多数郡县被安史瓦解，独颜真卿所守平原郡独在。常山太守颜杲卿为其兄，与真卿同守城池，其子季明在安禄山围攻常山时激战三天，粮尽水竭后与父杲卿同被安禄山俘住，被叛军残害。颜真卿有《祭侄稿》述其事。见《旧唐书·颜真卿传》。

③鲸鳍：鲸脊。

④支离：分散。徐铉诗有“全真谁见德支离”句。清傅山论书有“四毋四宁”之说，即“宁拙毋巧，宁丑毋媚，宁支离毋轻滑，宁直率毋安排”。

⑤絷羁：絷，《说文》作“䭾”，意为绊足。“结束烦絷羁”，指结构不舒展。

宋嘉言雅善飞白一日书八字贶予因成长句谢之[①]

祖无择

轻如浮雾重如云[②]，学到精微妙入神。
奇迹昔年传垩帚，高名他日压乌巾[③]。
夸呈朋友防求副，留教儿孙恐失真。
天子清闲好挥翰，似君须合侍严宸[④]。

祖无择(1006—1085)，字择之，上蔡(今属河南)人。仁宗景祐五年(1038)进士。初任地方官，后入直集贤院。知袁州，首建学宫。英宗时，加知制诰，权知开封府，神宗立，知通进银台司。后生事贬官。熙宁八年(1075)复秘书监、集贤院学士。著有《龙学文集》。《宋史》有传。

【注释】

①宋嘉言：待考。贶：赐与，加惠。《诗·小雅·彤弓》："我有嘉宾，中心贶之。"

②唐张怀瓘《书断·飞白》："赞曰：……丝萦箭激，电绕雪雰，浅如流雾，浓若屯云。"唐孙过庭《书谱》："或重若崩云，或轻如蝉翼……"。

③乌巾：黑头巾。指隐者之服也。南朝宋羊欣《采古来能书人名》云：吴时张弘好学不仕，常着乌巾，时人号为"张乌巾"。

④严宸：宸，北极星所在之处。此指皇帝所居之处。

大字吟

邵　雍

诗成半醉正陶陶[①]，更用如椽大笔抄[②]。
尽得意时仍放手，到凝情处略濡毫。
鲁阳却曰功犹浅[③]，宗慤乘风志未高[④]。
写出太平难状意，任他天下颂功劳。

邵雍(1011—1077)，字尧夫。自号安乐先生、伊川翁。祖籍范阳(今河北涿州)，早年随父移居共城(今河南辉县)苏门山下，筑室苏门山百源上读书，学者称百源先生。与周敦颐、程颐、程颢齐名，以治《易》、先天象数之学著称。认为"太极"是宇宙之源，永恒不变，万物由"太极"演化而成。晚居洛阳，与司马光、富弼、吕公著恒相从游。著有《皇极经世》《伊川击壤集》等。《宋史》有传。

【注释】

①陶陶：用笔痛快，驱驰状。《诗·郑风·清人》："清人在轴，驷介陶陶，左旋右抽，中军作好。"

②如椽大笔：喻大手笔。《晋书·王珣传》："珣梦人以大笔如椽与之，既觉，语人云：'此当有大手笔事。'"

③鲁阳：春秋时楚国县公，楚平王孙司马子期之子，即鲁阳文子。《淮南子·览冥训》："鲁阳公与韩构难，战酣日暮，援戈而㧑之，日为之反三舍。"

④宗慤(？—465)：南朝宋南阳涅阳人。字元干。少时叔父宗炳问其志愿，慤答曰："愿乘风破万里浪。"后功绩卓著，封洮阳县侯。见《宋书·南史》。

逸书吟

邵　雍

丹山谁道凤为巢[①]，事下吾能见九苞[②]。

逸句得时如虎变[③]，大篇成处若神交[④]。

千端蜀锦新番样[⑤]，万树春华暖弄梢。

天马无踪周八极[⑥]，但临风月镫相敲[⑦]。

【注释】

①丹山:古谓产凤之山。

②九苞:凤的九种特征。后为凤的代称。

③逸句:不同凡响之句。虎变:谓虎身花纹之斑驳多彩。《易·革》:"象曰:大人虎变其文炳也。"此谓书翰多彩多姿。

④神交:精神之相交。晋袁宏《山涛别传》:"陈留阮籍,谯国嵇康并高才远识,……涛初不识,一与相遇,便为神交。"

⑤蜀锦:古代丝织品的一种。元费著《蜀锦谱》称:"蜀锦产地除蜀地外,还有秦州、湖州等地。"

⑥天马:骏马。《史记·大宛传》:"初之得乌孙马,好,名曰天马。"八极:八方极远之地。此句谓逸书如天马行空,无拘无束。

⑦风月:指美好的景致。镫:马鞍两边踏足者。当谓逸书给人以畅快的享受。

大笔吟

邵　雍

有客无知，为性太质。不忮不求[①]，无固无必。
足蹑天根，手探月窟[②]。所得之怀，尽赋于笔。
意还情融，气和神逸。酒放微醺，绡铺半匹。
如风之卒，如云之勃。如电之歘，如雨之密。
或往或还，或没或出。涤荡氛埃，廓开天日。
鸾凤翱翔，龙蛇盘屈。春葩暄妍，秋山崒屼[③]。
三千簪裾，俯循儒术。百万貔貅[④]，仰听军律。
松桂成林，芝兰满室。蜀锦初番，朝霞乍拂。
白璧一双，黄金百镒。羲之来求，牧之来乞[⑤]。
物外神交，人间事毕。观者析酲[⑥]，收之愈疾。

【注释】

①忮：嫉恨。《诗·邶风·雄雉》："不忮不求，何用不臧。"

②天根：氐宿星别名。《国语·周》："天根见而水涸。"《尔雅·释天》："天根，氐也。"指人之天赋。蹑：登。月窟：指月中。杜甫《瞿塘怀古》："地与山根裂，江从月窟来。"

③崒屼：峻险。

④貔貅：猛兽。

⑤牧之：杜牧（803—853），字牧之，京兆万年（今陕西西安）人。号樊川居士。其《阿房宫赋》为后世传诵。有《樊川文集》。《全唐诗》收诗八卷。

⑥析酲：解酒。宋玉《风赋》："清清冷冷，愈病析酲。"

推官惠李庶子鄂州篆字[1]

文 同

天下有奇篆，阳冰书鄂州。
异兽呀五口，狂咬掉三头[2]。
磥砢玻璃碗，诘屈珊瑚钩[3]。
愧无希世宝，何以为子酬。

文同(1018—1079)，北宋文学家、画家。字与可，号笑笑先生，梓州永泰(今四川盐亭)人。皇祐进士。历太常博士，集贤校理，知陵州，洋州、潮州，尤为司马光、苏轼敬重。工诗文，善篆、隶、行、草、飞白、尤以善画墨竹著称。著有《丹渊集》《画竹图》传世。《宋史》有传。

【注释】

①李庶子：即李阳冰。

②此形象地描绘出李阳冰篆书的艺术特色。

③磥砢：树木多节。喻人之有奇才异能。诘屈：文字深奥。珊瑚钩：指祥瑞不凡之物。唐杜甫《奉同郭给事汤东灵湫作》诗："飘飘青锁郎，文采珊瑚钩。"

颜　碑

曾　巩

碑文老势信可爱，碑意少缺谁能镌。

已推心胆破奸宄[①]，安用笔墨传神仙[②]。

曾巩(1019—1083),北宋文学家。字子固,建昌军南丰(江西南丰)人。嘉祐进士。少以文章见赏于欧阳修。历官太平州司法参军、馆阁校勘,集贤校理兼判官告院,出通判越州,历知齐、襄、洪、福、明、亳、沧诸州。神宗元丰三年(1080)判三班院,迁史馆修撰,五年为中书舍人。针对时弊,主张改革。散文含蓄典重、雍容平易。著有《元丰类稿》《元丰题跋》。《宋史》有传。

【注释】

①奸宄:坏人。由内而起叫奸,由外而起叫宄。

②宋欧阳修《集古录》:"颜鲁公忠义之风皎如日月,其为人尊严,刚劲,像其笔画,而不免惑于神仙之说。释老之为斯民患也深矣。"

同邻几伯镇观秘阁上苏子美草书[①]

刘　敞

苏子佯狂不自疑[②]，汉庭籍甚莫言非[③]。
放歌金马居常醉[④]，穷老沧州不更归[⑤]。
浮世功名均梦寐，平生翰墨独光辉。
壁间数字龙蛇动，神物通神亦恐飞[⑥]。

刘敞(1019—1068)，北宋学者。字原父，世称公是先生。临江新喻(今江西新余)人。仁宗庆历六年(1046)进士。曾奉使契丹，官至集贤殿学士，判南史御史台。学问渊博，自佛老卜筮、天文、方药、地理、历史，皆究知大略。长于《春秋》学，开宋人批评汉儒先声。著有《春秋权衡》《七经小传》《公是集》等。《宋史》有传。

【注释】

①苏子美：苏舜钦。

②佯狂：假装疯癫。杜甫《不见》诗："不见李生久，佯狂真可哀。"

③汉庭籍甚：汉庭指宫廷。籍甚：盛大，多。《汉书·陆贾传》："贾以此游汉庭公卿间，名声籍甚。"

④金马：汉代宫门名。《史记·滑稽列传》："金马门者宦署门也。门傍有铜马，故谓之曰金马门。"汉代征召来人，都待诏公车官署，其中才能优秀者令待诏金马门。此句形象刻画了苏子佯狂之态。

⑤见《全宋诗·刘敞》二三卷五八八一页。自注：苏在吴中自为作诗曰："我今穷无归，沧洲送余生。"

⑥通神：通于神灵。形容本领很大、才能非凡。

怀素书

司马光

上人工书世所稀，于今散落无复遗。
君从何处获数幅，败绢苍苍不成轴[1]。
云流电走何纵横[2]，昏醉视之双目明。
烈火烧林虎豹慄，疾雷裂地龙蛇惊。
须臾挂壁未收卷，阴风飒飒来吹面。
祇疑神物在暗中[3]，宝秘不令关俗眼。
嗟予平生不识收，但爱意气豪有余。
欲求数字置座侧，安得满斗千金珠[4]。

司马光(1019—1086)，字君实，号迂夫，晚号迂叟，陕州夏县(今属山西)人，世称涑水先生。仁宗景祐五年(1038)进士。历苏州签判等职，仁宗末任天章阁待制，知谏院。英宗治平三年(1066)为龙图阁直学士。神宗即位，擢翰林学士。因反对王安石变法，退居洛阳。除著《资治通鉴》外，还有《稽古录》《司马文正公集》。《宋史》有传。

【注释】

①苍苍：指书轴斑驳貌。

②云流电走：喻怀素草书线条所带来的飘逸多彩的感人气势。唐朱逵《怀素上人草书歌》："笔下惟看激电流，字成只畏盘龙去。"

③暗：指黄昏和黑夜。《礼祭义》："周人祭日，以朝及暗。"注："暗，昏时也。"

④千金珠：喻怀素草书的珍贵。

润州钱祠部新建宝墨亭

苏　颂

王萧书迹卫公诗①，流落江南世少知。
古寺购寻遗刻在，新亭龛置断珉奇②。
模传遂比黄庭字③，埋没非同石鼓碑④。
《墨薮》书评多逸事⑤，何妨挥翰与题辞。

苏颂(1020—1101)，北宋天文学家。字子容，泉州同安(今福建同安)人。仁宗庆历二年(1042)进士。累官至尚书左丞、右仆射兼中书侍郎。学识渊博。著有《新仪象法要》，并制造设计自动化天文台(水运仪象台)。参与校注《嘉祐补注神农本草》、主编《本草图经》。另著有《苏魏公集》。《宋史》有传。

【注释】

①王萧：当谓王羲之、萧子云。萧子云(487—549)，南兰陵郡(今江苏常州)人，字景乔。累官侍中，滁州太守等，性沉静好仙术，不乐仕进。素工豪翰，雅善草、行、小篆，诸体兼备，并创飞白，以草隶见称。梁武帝萧衍甚爱其书，曰："笔力劲骏，心手相应。巧逾杜度，美过崔寔。当与元常(钟繇)并驱争先。"卫公：指卫恒。

②断珉：珉，似玉的美石。

③黄庭字：指传为王羲之所书小楷《黄庭经》。

④石鼓碑：《石鼓文》。

⑤《墨薮》：旧题唐韦续撰。辑录前人有关书法的短篇论述，共二十一篇。

寄题吴兴墨妙亭[1]

苏　颂

汉唐遗刻在江干[2]，右史殷勤辑坠残。

剔去藓文人乍识，传来墨本字犹完。

六书体法从兹辨，二费声光遂不刊[3]。

何必临池苦萦思，燕闲时得坐隅观[4]。

【注释】

①墨妙亭:在浙江吴兴县旧湖州府内。宋熙宁五年孙莘老任吴兴太守时所建,收藏境内自汉以来的古文遗刻,故名“墨妙亭”。

②江干:江畔。

③声光:指声誉和荣耀。不刊:古代文书书于竹简,若有误,即消除,谓之刊。不刊谓不容更动和改变。南朝梁刘勰《文心雕龙·宗经》:“经也者,恒久之至道,不刊之鸿教也。”

④燕闲:憩息。也作“燕间”。

吴长文新得颜公坏碑[1]

王安石

鲁公之书既绝伦，岁久更为时所珍。
荒坛坏冢朽崖屋，剥落风雨埋煨尘[2]。
断碑数尺谁所得，点画入纸完如新。
延陵公子好事者[3]，拓取持寄情相亲。
六书篆籀数变改，训诂后世多失真[4]。
谁初妄凿妍与丑，坐使学士劳骸筋。
堂堂鲁公勇且仁，出遇世难亲经纶。
挥毫卓荦又惊俗[5]，岂亦以此夸常民。
但疑技巧有天得[6]，不必勉强方通神。
诗歌甘棠美召伯[7]，爱惜蔽芾由思人。
时危忠谊常恨少，宝此勿复令埋堙。

王安石(1021—1086)，字介甫，晚号半山，抚州临川(今江西抚州)人。仁宗庆历二年(1042)进士。嘉祐三年(1058)上万言书，提出变法主张。神州熙宁二年(1069)任参知政事，行新法。数被罢相，后封荆国公。其文雄健峭拔，诗遒劲清新，为“唐宋八大家”之一。著有《临川集》《临川集拾遗》等。《宋史》有传。

【注释】

①吴长文，吴奎(1011—1068)，宋淮州北海人，字长文，官至礼部侍郎。后拜参知政事。《宋史》有传。

②煨尘:指灰尘、尘埃。

③延陵公子:此谓拓碑者。

④训诂:解释古书字义。晋郭璞《尔雅·序》:《尔雅》有《释诂》《训诂》两篇。“夫《尔雅》者,所以通诂训之指归。”疏:“诂,古也,通古今之言使人知也。训,道也,道物之貌以告人也。”

⑤卓荦:卓绝出众。《文选·汉班固(孟坚)·典引》:“卓荦乎方州,羡溢乎要荒。”

⑥说明颜鲁公书法自然,不做作。此句即是蔡邕“书肇自然”之又说。清傅山论书“四宁四毋”之说其一有“宁直率,毋安排”与此句一意也。

⑦传说周武王时,召伯(奭)巡行南国,曾憩甘棠树下,后人思其德,因作《甘棠》诗。召伯即周武王之臣,姬姓,名奭,周的支族。因封地在召故名召伯,又称“召公”。蔽芾:幼小貌。《诗·召南·甘棠》:“蔽芾甘棠,勿剪勿伐。”

中茅峰石上徐锴篆字题名[1]

王安石

百年风雨草苔昏，尚有当年墨法存。

只恐终随峄碑尽[2]，西风吹烧满秋原。

【注释】

①徐锴(920—974):五代宋初文学家、文字学家,字楚金,扬州广陵(今江苏扬州)人。锴与兄铉均以文翰名世,号“二徐”。仕南唐,官至内侍舍人。精通文字学,著有《说文解字系传》。

②峄碑:即《峄山刻石》碑。

题名碑石琢之已成求章伯益友直先生篆额[1]

郑　獬

老匠隳山斩苍石，偃然巨璞长于席[2]。

锐凿飞椎日镵击[3]，金錞嘲轰满虚室[4]。

白沙砻就大禹圭[5]，绀滑自同青玉色[6]。

两螭攫拿相斗立[7]，欲求大篆冠其额。

先生绝妙不须言，引墨为我一落笔，蟠屈玉箸入石壁。

吾曹名氏遂辉赫，异物不复容侵蚀。

赤尾鲤鱼问消息[8]，丐我数字得不得[9]。

郑獬(1022—1072)，北宋诗人。字毅夫，安州安陆(今湖北安陆)人。皇祐五年(1053)进士第一。累迁知制诰，出知荆南。神州初，拜翰林学士，为王安石所恶，出知杭州，从青州，提举鸿广宫，其诗爽竦明白。著作《郧溪集》。《宋史》有传。

【注释】

①章友直，字伯益(1006—1062)。福建建安人。通相术，知音律，精弈棋，尤善篆书。《宣和书谱》记曰："友直工玉箸字学，自李斯篆法亡，而得一阳冰，阳冰后得一徐铉。友直在铉之门，其犹游夏欤。"

②巨璞：很大的未经雕琢的玉。喻碑石质地纯美。

③锐凿：锋利的凿碑工具。飞椎：很锋利的锥子。镵：锐利。

④金錞：古军乐器。《周礼·地官·鼓人》："以金錞和鼓。"喻凿碑之声。嘲轰：形容众声喧闹。此指凿碑之声响。

⑤砻，磨物。《国语·晋八》："赵文子为宝，断其椽而砻之。"大禹圭：圭，古长条形玉器。古代贵族朝祭时所用礼器。《书·禹贡》："禹锡玄圭，告厥成功。"

⑥绀滑：绀，天青色。指碑石面光滑色青如玉。

⑦螭：传说中无角的龙。此指碑碣上刻有螭头的装饰。攫拿：用爪抓取。指碑首两螭相互盘绕状。

⑧赤尾鲤鱼：即赤鲤。传说中的仙骑。南朝梁江淹《江文通集·采石上菖蒲诗》："赤鲤倘可乘，云雾不复还。"

⑨丐：乞求。

谢赐飞白书

郑　獬

《全宋诗》按:此诗原题郑澥作,疑即郑獬,姑录俟考。

伏驲驰天阙[①],飞文下玉除[②]。
奎成仓颉字,龙受伏羲书。
功业升平外,文章妙绝初。
形声秦隶拙,点画蔡邕疏。
轴动星辰转,笔停风雨余。
珍藏传万世,安敢比琼琚[③]。

【注释】

①伏驲:驲,指古代驿站专用之车。此谓皇帝侍臣所用之车。天阙:星名,谓帝王所居之处,泛指朝廷。

②玉除:指玉阶。

③琼琚:华美的佩玉。

和楼志国范君武读胡尉临安所获颜鲁公书断碑[①]

强　至

书名唐世凡几人，鲁公运笔独有神。
当年一字百金直，异代倘获宜尔珍。
公尝道直不容内，江湖出走刺史轮[②]。
东南挥翰落几郡，在处巨迹刊坚珉。
石坚字巨未应泐，旋复五代遗荒屯。
州镇寻兵寺观火，缺碑毁碣埋泥尘。
乾坤岂亦爱字宝，不使久屈卒不伸。
吻合阴假好事手，得此断石溪山垠。
苔封土蚀初莫省，一洗烂若开三辰[③]。
不由名氏验体法，气质浑厚知颜筋[④]。
点端屹如泰山立[⑤]，画劲森似长戟陈[⑥]。
宁同枣木浪传刻[⑦]，少陵尤恶肥失真[⑧]。
苍茫疑闻地灵泣，为失此石后土贫。
好事得之不自有，能广墨本遗其伦。
始从君武惬传玩，大句感发惊儒绅。
写公勋德无一欠，何必读史劳吾唇。
青衫志国继高唱，首论书法词逾新。
末言公忠死贼刃，不觉愤泪沾予巾。

昔人谓书乃心画[9]，浮沉直挠皆相循。
公心远可此书鉴，体不姿媚一以淳。
严严古气自盘薄，宜汝希烈不得臣[10]。
虽云笔力夺元化[11]，济以忠谊重万钧。
后来忠谊弗公学，磨铅临帖虚终身。
李斯篆隶岂不好，彰彰奸迹流自秦[12]。
乃知一艺不独善，所贵名节坚松筠。
鲁公之书以名贵，历代共宝无沉堙。

强至(1022—1076)，字几圣，杭州(今属浙江)人。仁宗庆历六年(1046)进士，官至三司户部判官。

【注释】

①楼志国、范君武：生平不详。胡尉：生平不详。临安即杭州。

②刺史："安史之乱"时，颜真卿官为河北招讨使、浙西节度使平复叛军。

③三辰：即日、月、星。

④颜筋：指颜书遒劲有力。

⑤点端：东晋卫夫人《笔阵图》："如高峰坠石。"

⑥画劲：唐张怀瓘《书断》论欧阳询书有"森森焉若武库矛戟"句。

⑦枣木：指以枣木板模书刻之，以帖传流。

⑧少陵句：少陵，杜甫。杜甫《李潮八分小篆歌》："书贵瘦硬方通神。"

⑨书乃心画：即扬雄语："书，心画也。"

⑩希烈：指李希烈。

⑪此句及以下两句：谓学颜书须学颜真卿忠义之气节。清代傅青主论书诗句云："作字先作人。"元化：造化，大自然的发展变化。济：贯通。磨铅：古人以铅粉笔书写文字，笔钝则磨之使尖。

⑫彰彰：明白，显著。

题光和年西岳碑[1]

强 至

瘦硬光和字，崔巍太华碑[2]。
镌模森骨立，点画宛鳞差。
内有通神笔，前无绝妙辞。
茅斋千载后，玩古独心知。

【注释】

①光和年西岳碑：指传为蔡邕书写的《樊毅西岳碑》。唐杜甫《李潮八分小篆歌》有："苦县光和尚骨立，书贵瘦硬方通神。"参见前注。

②崔巍：高峻貌。《楚辞》："冠切云之崔巍。"

和子由论书[1]

苏　轼

吾虽不善书，晓书莫如我。
苟能通其意，常谓不学可[2]。
貌妍容有颦，璧美何妨椭[3]。
端壮杂流丽，刚健含婀娜[4]。
好之每自讥，不独子亦颇。
书成辄弃去，谬被旁人裹。
体势本阔落[5]，结束入细么。
子诗亦见推，语重未敢荷[6]。
尔来又学射，力薄愁官笴[7]。
多好竟无成，不精安用夥[8]。
何当尽屏去，万事付懒惰。
吾闻古书法，守骏莫如跛[9]。
世俗笔苦骄，众中强嵬騀[10]。
钟张忽已远[11]，此语与时左。

苏轼（1037—1101），字子瞻，一字和仲，号东坡居士，眉州眉山（今四川眉山）人。苏洵子，博通经史，与父洵、弟辙合称“三苏”。仁宗嘉祐二年（1057）进士。曾上书力陈王安石新法之弊，后因作诗刺新法被贬黄州。哲宗立，任翰林学士，曾出知杭州、颍州，官至礼部尚书，后贬惠州,历州郡多惠政。卒后追谥文忠。其文纵横恣肆,为“唐宋八大家”之一,其诗清新雄健,与黄庭坚并称“苏黄”;其词开豪放一派,与辛弃疾并称“苏辛”。亦工书画,书法为“宋四家”之一。著有《东坡七集》《东坡易传》《东坡乐府》等。《宋史》有传。

【注释】

①子由:苏辙字,号颍滨遗老。苏轼弟。嘉祐进士。为唐宋八大家之一。著有《乐城文集》《老子解》等。《宋史》有传。

②此句足见他“意造无法”的书作观点。苏轼《石苍舒醉墨堂》中云“我书意造本无法,点画信手烦推求”,与其“书初无意于佳乃佳尔”的书学观点一致。

③颦:皱眉。《晋书·戴逵传》:“若元康之人,可谓好遁迹而不求其本,……是犹美西施而学其颦眉,慕有道而折其角巾。”椭:狭长,长圆形。指变化。

④此句充分反映了苏轼“兼美”的书法美学思想,提倡书法的体度端庄、气象雍和又不乏圆润流美;提倡骨力,但以为须刚健挺拔,使之表现出敦厚秀美之姿。他对杜甫“瘦硬”为美的书法美学思想有看法,因此有诗云:“杜陵评书贵瘦硬,此论未公吾不凭。短长肥瘦各有态,玉环飞燕谁敢憎?”

⑤指书体气势的宽博,用笔结构的严谨有致。

⑥荷:承受。

⑦笴:箭杆。

⑧夥:多的意思。

⑨跛:谓一足瘸。此谓书法行笔快与慢,迟与速,流与涩。

⑩嵬駷:不安帖貌。谓书作一味造作,不自然。

⑪钟张:指钟繇、张芝。唐孙过庭《书谱》:“夫自古之善书者,汉、魏有钟、张之绝,晋末称‘二王’之妙。”

石　鼓[1]

苏　轼

冬十二月岁辛丑，我初从政见鲁叟[2]。
旧闻石鼓今见之，文字郁律蛟蛇走[3]。
细观初以指画肚，欲读嗟如箝在口[4]。
韩公好古生已迟[5]，我今况又百年后。
强寻偏旁推点画，时得一二遗八九。
我车既攻马亦同，其鱼维鱮贯之柳。
古器纵横犹识鼎，众星错落仅名斗[6]。
模糊半已似瘢胝[7]，诘曲犹能辨跟肘。
娟娟缺月隐云雾，濯濯嘉禾秀稂莠[8]。
漂流百战偶然存，独立千载谁与友。
上追轩颉相唯诺[9]，下揖冰斯同鷇縠[10]。
忆昔周宣歌《鸿雁》，当时籀史变蝌蚪[11]。
厌乱人方思圣贤，中兴天为生耆耇[12]。
东征徐虏阚虓虎，北伏犬戎随指嗾[13]。
象胥杂沓贡狼鹿，方召联翩赐圭卣。
遂因鼓鼙思将帅[14]，岂为考击烦蒙瞍。
何人作颂比崧高[15]，万古斯文齐岣嵝[16]。
勋劳至大不矜伐，文武未远犹忠厚。
欲寻年岁无甲乙，岂有名字记谁某。

自从周衰更七国[17]，竟使秦人有九有[18]。
扫除诗书诵法律，投弃俎豆陈鞭杻[19]。
当年何人佐祖龙，上蔡公子牵黄狗[20]。
登山刻石颂功烈，后者无继前无偶[21]。
皆云皇帝巡四国，烹灭强暴救黔首。
六经既已委灰尘，此鼓亦当遭击剖。
传闻九鼎沦泗上，欲使万夫沉水取[22]。
暴君纵欲穷人力，神物义不污秦垢。
是时石鼓何处避，无乃天公令鬼守[23]。
兴亡百变物自闲，富贵一朝名不朽。
细思物理坐叹息，人生安得如汝寿。

【注释】

①石鼓：见前注。

②冬十二月岁辛丑：嘉祐六年(1061)十二月，苏轼初登仕途，签判凤翔(今属陕西)。鲁叟：孔子，鲁国(今山东曲阜)人。晚年居鲁教授弟子，后世因称“鲁叟”。

③郁律：屈曲。

④箝在口：指石鼓斑驳，文辞难辨且难诵上口。

⑤韩公：韩愈，曾作《石鼓歌》咏之。

⑥仅：接近，几乎。唐杜甫《泊岳阳城下》：“江国踰千里，山城仅百层。”名斗，即北斗星。

⑦瘢胝：指石鼓疤痕。

⑧娟娟：明媚美好貌。濯濯：明朗清新貌。形象描述出石鼓文给人以美的享受。

⑨轩颉：轩辕、仓颉。唯诺：应对，此谓承继讲。

⑩冰斯：指秦李斯、唐李阳冰。鷇：指待哺食的雏鸟。《国语·鲁语上》：“鸟

翼鷇卵”。㝅:乳。《左传·宣公四年》:“楚人谓乳㝅。”鷇彀:谓哺育。比喻继承前人讲。

⑪《鸿雁》:《诗·小雅》篇名。《诗序》:“鸿雁,美宣王也(周宣王)。”籀史:宣王时史官,即史籀。蝌蚪:指蝌蚪书。此句谓史籀改革文字。

⑫耆耇:老年,高寿。指辅佐周宣王中兴的几个老臣。如方成、召虎、申甫、尹吉甫等。

⑬东征并下句:指宣王时东征淮夷(居今苏皖一带的古部族),北平猃狁(古匈奴)之战将士英勇,缴获和外邦贡献的战利品,并赏赐功臣。

⑭鼓鼙:《礼记·乐记》:“君子听鼓鼙之声,则思将帅之臣。”蒙瞍:乐师,古时以盲人任之。《诗·大雅·灵台》:“鼍鼓逢逢,矇瞍奏公。”

⑮崧高:《诗·大雅·崧高》:“崧高维岳,骏极于天。”

⑯岣嵝:《岣嵝碑》,亦称《禹碑》。山在今湖南衡阳市北。衡山七十二峰之一,衡山主峰即是,故衡山也称岣嵝山。碑原在衡山云密峰,早佚。字体似缪篆,又似符箓。相传为大禹治水时所刻,系后人伪刻。《金石萃编》录其碑文。此谓《岣嵝碑》以比《石鼓文》,喻《石鼓文》之珍贵。

⑰七国:指秦、楚、燕、齐、韩、赵、魏。亦称“战国七雄”。

⑱九有:九州,指全国。《诗·商颂·玄鸟》:“方命厥后,奄有九有。”谓秦统一全国。

⑲指秦始皇焚书坑儒事。俎豆:俎,置肉的几。豆,古时盛干肉或食物的一种器皿。古代宴客、朝聘、祭祀用的礼器。此谓秦始皇严刑酷法鱼肉百姓。《史记·项羽本纪》:“如今人方为刀俎,我为鱼肉。”鞭杻:皆为古代刑具,鞭为一竹制刑具,杻为手铐。

⑳祖龙:秦始皇。上蔡公子牵黄狗:《史记·李斯列传》:“二世二年七月,具斯五刑,论腰斩咸阳市。斯出狱,与其中子俱执,顾谓其中子曰:‘吾欲与若复牵黄犬俱出上蔡东门逐狡兔,岂可得乎?’”《晋书·向秀传·思旧赋》:“昔李斯之受罪兮,叹黄犬而长吟。”李斯为秦始皇臣相,上蔡人,故言上蔡公子。

㉑此句并下句:谓秦始皇统一中国后,第三年秦始皇二十八年(前219)东巡,宣扬其威德盛治,到峄山、泰山、琅琊山、之罘山等处刻石,颂其功业。《史记·秦始皇本纪》:“分天下以为三十六郡,郡置守、尉、监。更名民曰‘黔

首’。”又“皇帝东游，巡登之罘……烹灭彊暴，振救黔首……”东坡以此刺秦暴政。

㉒此句并下句：《史记·秦始皇本纪》：“始皇还，过彭城，斋戒祷祀，欲出周鼎泗水。使千人没水求之，弗得。”九鼎：古时象征国家政权的传国之宝。《史记·武帝纪》：“禹收九牧之金，铸九鼎，象九州。”

㉓令鬼守：唐韩愈《石鼓歌》：“雨淋日炙野火燎，鬼物守护烦抝呵。”

何郎中出示黄公草书[1]

陈师道

龙蛇起伏笔无前，江汉渊回语更妍。
好事元须一赏足[2]，藏家不必万人传。

当时阙里与论诗[3]，晚岁河山断梦思。
妙手不为平世用[4]，高怀犹有故人知。

陈师道(1053—1101)北宋诗人。字履常，一字无己，号后山居士，彭城(今江苏徐州)人。官至太学博士。元祐初，受苏轼等荐，为徐州教授。诗宗杜甫，受黄庭坚重爱，有“闭门觅句陈无己”之称。为江西诗派代表作家之一。著有《后山集》《后山诗话》等。《宋史》有传。

【注释】

①黄公:黄庭坚。

②元须:本来，理应。

③阙里:为春秋时孔子授徒之所。在今山东曲阜城内阙里街。也指传授儒学的学校等。

④谓黄庭坚仕途坎坷，屡被贬。平世:太平之世。《孟子·离娄下》:“禹稷当平世，三过其门而不入，孔子贤之。”

徐仙书

陈师道

徐清，字静之，蓬莱女官也[①]。下西里王氏。诗作谢体[②]，书效黄鲁直[③]，妍妙可喜。

敬作三绝句。

蓬壶仙子补天手[④]，笔妙诗清万世功。
肯学黄家元祐脚[⑤]，信知人厄匪天穷[⑥]。

诗成已作客儿语，笔下还为鲁直书。
岂是神仙未贤圣，不随时事向人疏。

金华牧羊小家子[⑦]，西真擘桃何代儿[⑧]？
诗着海山书落爪，向来何免世人疑？

【注释】

①女官：古时宫中女官。

②谢体：谢灵运（385—433），南朝宋诗人，谢玄之孙，晋时袭封康乐公，故称谢康乐。其诗描写山水名胜，开山水诗一派。

③黄鲁直：黄庭坚。

④蓬壶：蓬莱。古传说仙人居处。晋王嘉《拾遗记·高辛》："三壶则海中三山也。一曰方壶，则方丈也；二曰蓬壶，则蓬莱也；三曰瀛壶，则瀛洲也。形如壶器。"补天手：补天，古代神话传说，女娲氏炼石补天。《淮南子·览冥》："往古之时，四极废，九州裂，天不兼覆，地不周载……于是女娲炼五色石以补苍

天,断鼇足以立四极。”此谓徐仙书法不同凡响。

⑤元祐脚:谓宋元祐年间,黄庭坚书法名盛,被人称为“元祐脚”。

⑥人厄:人的困苦。此谓徐仙潜心学习黄庭坚书法。匪:同“非”。《诗·卫风·木瓜》:“匪报也,永以为好也。”

⑦金华:山名。今浙江金华市北。唐李白《对酒行》:“松子栖金华,安期入蓬海。”小家子:出身低微的人。也作“小家儿”。

⑧西真攘桃:西真指西王母。即在西王母处偷桃。汉班固《汉武故事》:“方朔偷桃”事。指神仙的奇事异行。攘,偷、窃。

题《子敬范新妇唐模帖》[1]

米　芾

贞观款书丈二纸[2]，不许儿奇专妇美。
何为寥寥宝是似，遭乱真归火兼水。
千年谁人能继趾[3]，不自名家殊未智[4]！
嗟尔方来眼须洗，玉躞金题半归米[5]。

云物龙蛇森动纸，父子王家真济美[6]。
张翼小儿宁近似[7]，沧溟浩对蹄涔水[8]。
腾蛇无足蜈多趾，以假易真信用智！
龟澼虽多手屡洗[9]，卷不生毛谁似米[10]？

直裂纹匀真古纸，跋印多时俗眼美。
诚悬尚复误疑似[11]，有渭方能辨泾水[12]。
真伪头面拳趺趾[13]，久假中分辨愚智。
宝轴开时心一洗，百氏何人传至米？

米芾（1051—1107），一名黼，字元章，号鹿门居士、襄阳漫士、海岳外史，人称“米南宫”，因冠服作唐人，所好多违世异俗，故人又称之“米颠”。祖籍太原（今山西太原）人，后迁襄阳（今湖北襄阳），定居润州（今江苏镇江）。能诗文，善书画，精鉴别。行草得五献之笔意，用笔峻迈，为宋四家之一。画师董源，重神不求工，创水墨“米氏云山”画法。

著有《书史》《画史》等。《宋史》有传。

【注释】

①范：即范本。《淳化阁帖》中收入，帖中称《阮新妇帖》。

②贞观：唐太宗李世民(627—649)年号。

③继趾：继续前人踪迹。趾，踪迹。晋皇甫谧《高士传·梁鸿》："仰颂逸民，庶追芳趾。"

④智：才能、聪慧。《国语·周下》："言智必及事。"

⑤玉躞金题：薛绍彭《和米芾公炤家二王以前贴宜倾囊购取寄诗》："古囊织褾可复得，白玉为躞黄金题。"躞，轴心，指用白玉为轴心的书画卷轴。

⑥父子王家：指王羲之、王献之父子。

⑦张翼：东晋时下邳(今江苏邳县)人。官至东海太守。工书、善书、隶。书学钟繇、王羲之，皆极精妙。南朝宋虞龢《论书表》记云："羲之常自书表与穆帝，帝使张翼为效，一毫不异，题后答之。羲之初不觉，更详看，乃叹曰：'小人几欲乱真。'"

⑧沧溟：大海。南朝梁简文帝《昭明太子集序》："若夫嵩霍之峻，无以方其高；沧溟之深，不能比其大。"蹄涔水：即涔蹄，路上蹄迹中的积水。北周庾信《为杞公让宗师骠骑表》："况复一枝蜷曲，终危九层之台；一股涔蹄，必伤千里之驾。"

⑨龟澼：漂洗因寒冷或干燥而皴裂的皮肤。庄子《逍遥游》："宋人有善为不龟手之药者，世世以洴澼絖为事。"《疏》："洴，浮。澼，漂也。絖，絮也。"

⑩此句谓米芾读书临卷之勤奋。卷：古书多用卷子，故称书为卷。书篇幅长者分若干卷。

⑪诚悬：柳公权。

⑫此句指渭水、泾水。《诗·邶风·谷风》："泾以渭浊，湜湜其沚。"《传》："泾渭相入而清浊异。"《释文》："泾，浊水也；渭，清水也。"

⑬拳：拳法。此谓笔法而言。跌：脚背。趾：脚趾。此谓鉴别书画真赝须看其精神面貌，书画的用笔、结构、章法、题跋、印章等。

答薛绍彭[1]

米　芾

世言米薛或薛米，犹言弟兄与兄弟。

四海论年我不卑，品定多知定如是[2]。

【注释】

①薛绍彭:生卒年不详,北宋书法家。字道祖,号翠微居士。河中万泉(山西万荣)人。自号河东三凤后人。官至秘阁修撰。家藏晋、唐书法,名画甚多。精行、草、真书,取法晋唐,有六朝遗意,自称一家。与米芾齐名。每与米计较得失。米芾此诗即有劝解之意。

②如是:如此、这样。《荀子·天论》:“如是,则知其所为,知其所不为也。”品定:品评。

寄薛郎中绍彭

米　芾

老来书兴独未忘，颇得薛老同徜徉[①]。
天下有识推鉴定，龙宫无术疗膏肓[②]。
淮风吹戟稀讼牒[③]，与客闭阁闲壶浆。
迎树对山风景聚，墨池濯砚龟鱼藏。
珠台宝气每贯日，月观桂实时飘香[④]。
银淮烛天限织女[⑤]，烟海括地生灵光[⑥]。
俊儿乃是翰墨侣[⑦]，挟竹不使舆卫将。
象管钿轴映瑞锦[⑧]，玉鳞棐几铺云肪[⑨]。
依依烟华动勃郁，矫矫龙蛇起混茫。
持此以为风月伴，四时之乐渠未央[⑩]。
部刺不纠翰墨病，圣恩养在林泉乡[⑪]。
风沙涨天乌帽客，胡不东来从北荒[⑫]？

欧怪褚妍不自持[⑬]，犹能半蹈古人规。
公权丑怪恶札祖，从兹古法荡无遗[⑭]。
张颠与柳颇同罪，鼓吹俗子起乱离。
怀素獦獠小解事[⑮]，仅趋平淡如盲医。
可怜智永研空臼，去本一步呈千媸[⑯]。
已矣此生为此困，有口能谈手不随。
谁云心存乃笔到[⑰]，天工自是秘精微。

二王之前有高古[18]，有志欲购无高赀。

殷勤分语薛绍彭，散金购取重跋题[19]。

【注释】

①徜徉：徘徊。《淮南子·人间训》："鸿（鹄）翱翔乎忽荒之上，徜徉乎虹蜺睨之间。"此谓米薛书画交往非常。

②指米芾精鉴赏，家藏晋、唐名公书画其富，并时与薛绍彭交往。《宋史》："精于鉴裁，遇古器物书画则极力求取，必得乃已。"

③淮：淮河。稀：少。讼牒，诉状。

④此句以浪漫之笔写出自己游闲雅致的生活。月观：月中。其《虹县旧题》诗："满船画同明月，十日随花窈窕中。"

⑤银淮：即银河。烛天：照耀天空。织女：织女星，在银河西，与河东牵牛星相对。民间流传有牛郎织女七夕相会传说。

⑥烟海：指极多，盛。灵光：神异之光。

⑦俊儿：指其子米友仁，擅书画，时称小米。

⑧象管：毛笔，有以象牙饰之。唐罗隐《清溪江令公宅》诗："蛮笺象筦夜深时，曾赋陈宫第一诗。"筦，同"管"。钿轴：以金饰之书画轴。瑞锦：指瑞锦窠。宋李颀《古今诗话》："礼部郎掌省中文翰，谓之瑞锦窠。"

⑨玉麟：指玉麒麟，古时饰物。棐几：用榧木做的几。《晋书·王羲之传》："尝诣门生家，见棐几滑净，因书之、真草相半。"云肪：纸。

⑩风月：清风明月，泛指美好的景色。四时，四季。未央即未半。渠未央：未渠央即未遽央，未能仓促即尽，犹不尽。长乐，未央意。

⑪林泉：山林和泉石，指幽静适于隐居之所。

⑫乌帽，黑帽。古代贵者常服。隋唐后多为庶民、隐者之用。胡不：何不。北荒：指北方荒远之地。

⑬欧怪褚妍：《海岳名言》云："柳与欧为丑怪恶札祖。"下句即云此，米公此语不免过之。

⑭《海岳名言》："自柳世始有俗书。"

⑮獦獠:是对古代南方少数民族的称呼。怀素为长沙人。《坛经·行由品》:“祖言:‘汝是岭南人,又是獦獠,若为堪作佛?’”小解:稍稍知晓,即略懂一二意。此句对怀素草书有不屑之意。盲,糊涂。

⑯《海岳名言》:“智永砚成臼,乃能到右军。若穿透,始到钟,索也。可不勉之!”又“智永有八面,已少钟法。丁道护、欧、虞笔始匀,古法亡矣。”本:原本,源头。媸:丑陋。

⑰指王羲之《题卫夫人〈笔阵图〉后》中语:“意在笔前,然后作字。”

⑱《诗品集解·高古·臆说》:“高对卑言,古对俗言。”又《浅解》:“高则俯视一切,古则抗怀千载。”

⑲跋题:题词于文字或书卷之后者称题跋。也称跋尾。跋,足后。

寄绍彭

米　芾

萧李骙子弟[①]，不收慰问帖[②]。
妙迹固通神，水火土更劫。
所存慰问者，班班在箱箧。
使恶乃神护，不然无寸札。
自此趣画相，后人眼徒眨。

【注释】

①萧李:《唐书·萧颖士传》:“所与游者孔至、贾至……独李华与齐名。世号‘萧李’。”骙子弟:指愚人,见识暗昧之人。

②慰问帖:东晋谢安所书。

与薛老[1]

米　芾

何必识难字，辛苦笑扬雄[2]。
自古写字者，用字或不通[3]。
要之皆一戏，不当问拙工。
意足我自足，放笔一戏空[4]。

【注释】

①薛老:薛绍彭。

②扬雄:见前注。

③不通:谓学识浅陋,不精通。此为诙谐之笔。确也反映了米芾的“颠狂”之态。

④当是宋代尚意书风的注脚。一“戏”字,以轻松笔调,写出了米芾对书法的感悟,当然这种对书法艺术认识的产生,是与之自身的学识才情分不开的。

戏答赵伯充劝莫学书及为席子泽解嘲[1]叔盎延堂

黄庭坚

平生饮酒不尽味，五鼎馈肉如嚼蜡[2]。
我醉欲眠便遣客，三年窥墙亦面壁[3]。
空余小来翰墨场，松烟兔颖傍明窗。
偶随儿戏洒墨汁，众人许在崔杜行[4]。
晚学长沙小三昧[5]，幻出万物真成狂。
龙蛇起陆雷破柱，自喜奇观绕绳床[6]。
家人骂笑宁有道，污染黄素败粉墙。
诚不如南邻席明府[7]，蛛网锁砚蜗书梁[8]。
怀中探丸起九死[9]，才术颇似汉太仓[10]。
感君诗句唤梦觉，邯郸初未熟黄粱[11]。
身如朝露无牢强[12]，玩此白驹过隙光[13]。
从此永明书百卷[14]，自公退食一炉香[15]。

黄庭坚（1045—1105），字鲁直，自号山谷道人，晚号涪翁。洪州分宁（今属江西修水）人。英宗治平进士，曾知泰和县。哲宗时以校书郎为《神宗实录》检讨官，迁著作佐郎，后以修史“多诬”遭贬。与张耒、晁补之、秦观并称“苏门四学士”，与苏轼齐名，世称“苏黄”。诗宗杜甫，为江西诗派始祖。又能词，并擅行、草书，为“宋四家”之一。著作有《山谷词》等。《宋史》有传。

【注释】

①赵伯充:生平不详。席子泽:生平不详。

②五鼎:古祭祀,大夫用之盛羊、豕、肤、鱼、腊。《史记·主父偃传》:"且大夫生不五鼎食,死即五鼎烹耳。"馈肉:指赠送的肉食。

③面壁:佛教指坐禅,端坐静修。此谓读书勤奋,学书刻苦。

④崔杜:崔瑗、杜度。

⑤长沙小三昧:指怀素。三昧:奥妙,绝诀。唐李肇《国史补》:"长沙僧怀素好草书,自言得草书三昧。"

⑥绳床:见前注。

⑦席明府:即席子泽。

⑧蜗书:指篆书。蜗牛爬行时留下的涎液痕迹,屈曲如篆,故称。

⑨怀中探丸起九死:指钟繇事。宋陈思《书苑菁华》记云:"繇忽见蔡伯喈笔法于韦诞坐上,自捶胸三日,其胸尽青,因呕血。太祖以五灵丹救之,乃活。繇苦求不与。及诞死,繇阴令人盗开其墓,遂得之。"

⑩太仓:京城储粮之大仓。

⑪黄粱:本粟的一种。此谓黄粱梦。《文苑英华》之唐沈既济《枕中记》:"卢生于邯郸客店中遇道者吕翁。生自叹穷困,翁乃授之枕,使入梦。生梦中历尽富贵荣华。及醒,主人炊黄粱未熟。"

⑫朝露:早晨的露水。喻短暂的时光。三国魏武帝曹操《短歌行》:"譬如朝露,去日苦多。"

⑬白驹:指光阴。《庄子·知北游》:"人生天地间,若白驹之过却,忽然而已。"

⑭永明:诗体名。指南齐永明年间,沈约、谢朓、王融、周颙等人饮誉诗坛,写诗讲声律,时称永明体。

⑮退食:语出《诗·召南·羔羊》:"退食自公,委蛇委蛇。"郑玄笺:"退食,谓减膳也。自,从也;从于公,谓正直顺于事。"后指官吏节俭奉公。此当指退休后自己过清闲的日子。

戏赠米元章二首

黄庭坚

万里风帆水著天，麝煤鼠尾过年年①。
沧江静夜虹贯月，定是米家书画船②。

我有元晖古印章③，印刓不忍与诸郎④。
虎儿笔力能扛鼎⑤，教字元晖继阿章⑥。

【注释】

①麝煤鼠尾：指墨、笔。

②此见米芾《虹县旧题》诗，其诗存有《虹县旧题诗卷》，原迹藏日本东京国立博物馆。纸本、行书，纵32.2厘米，横488厘米。刘正成《中国书法鉴赏大辞典》等均有收录。书画船：指米芾曾任江淮发运，于船山揭牌，称“米家书画船”。后亦以泛称文人学士的游船。

③元晖：米芾子米友仁字。

④刓：削、刻。《史记·郦食其传》：“为人刻印，刓而不能授。”

⑤虎儿：指米友仁。扛鼎：举鼎。《史记·项羽纪》：“力能扛鼎，才气过人。”喻米友仁笔力过人。

⑥阿章：即米元章。

以右军书数种赠丘十四[1]

黄庭坚

丘郎气如春景晴，风暄百果草木生。
眼如霜鹘齿玉冰[2]，拥书环坐爱窗明[3]。
松花泛砚摹真行，字身藏颖秀劲清。
问谁学之果兰亭。我昔颇复喜墨卿。
银钩虿尾烂箱籝[4]，赠君铺案黏曲屏。
小字莫作痴冻蝇[5]，《乐毅论》胜《遗教经》[6]。
大字无过《瘗鹤铭》[7]，官奴作草欺伯英[8]。
随人作计终后人，自成一家始逼真[9]。
卿家小女名阿潜，眉目似翁有精神。
试留此书他日学，往往不减卫夫人。

【注释】

①丘十四：丘敬和。《历代书法论文选·黄庭坚·论书》："往常有丘敬和者摹仿右军书，笔意润泽，便为绳墨所缚，不得左右。予尝赠之诗……"

②霜鹘：白色的鸷鸟。苏轼《人日猎城南诗》："何以雷将军，两眼霜鹘皎。"玉冰：喻美洁。

③拥书：指聚书、藏书。蔡邕《杨复碑》："文学之徒，拥书抱籍自远而至，禀采风华。"《魏书·李谧传》："每曰：丈夫拥书万卷，何假南面百城。"

④银钩虿尾：喻书法用笔遒劲。此指书画。

⑤痴冻蝇：喻书法呆板，没有生气。

⑥《遗教经》：李光德《中华书学大辞典·遗教经》："传为东晋王羲之书，而

《右军书目》中未载，出处不详。名为王书，恐属误传，世鲜有信者。北宋欧阳修以为出自唐代写经生之手。宋董逌称系唐朝比丘道秀书。清何焯疑属唐僧徒集王字。《墨池堂选帖》刻本卷尾所题‘永和十二年六月旦日，山阴王羲之书’，显系后人之妄加。”

⑦《瘗鹤铭》：南梁天监十三年(514)刻于丹徒(今江苏镇江市)焦山西麓摩崖之上。传为齐梁间思想家、医学家、书法家陶弘景书。

⑧官奴：即王献之。

⑨此句总结出了学习书法的最终目标，不是摹仿，不是亦步亦趋，而是标新立异，写出自己。对后世书学影响极大。

书摩崖碑后[1]

黄庭坚

春风吹船著浯溪，扶藜上读《中兴碑》。
平生半世看墨本，摩挲石刻鬓成丝。
明皇不作苞桑计[2]，颠倒四海由禄儿。
九庙不守乘舆西，万官已作乌择栖。
抚军监国太子事，何乃趣取大物为[3]？
事有至难天幸尔，上皇跼蹐还京师。
内间张后色可否，外闲李父颐指挥。
南内凄凉几苟活，高将军去事尤危。
臣结《春陵》二三策[4]，臣甫《杜鹃》再拜诗[5]。
安知忠臣痛至骨，世上但赏琼琚词。
同来野僧六七辈，亦有文士相追随。
断崖苍藓对立久，冻雨为洗前朝悲。

【注释】

①题解:此诗选自金性尧《宋诗三百首》。

②明皇:即唐玄宗。苞桑:桑树的本干,此泛指农业。犹言治国之本。《千字文》中有“治本于农,务兹稼穑”句。

③大物:《庄子·在宥篇》:“夫有土者有大物也。”此指国家社稷。

④《春陵》:指元结的《春陵诗》,诗中写战乱后百姓深受官府的欺凌。二三策:语自《孟子·尽心》:“吾于《武成》取二三策而已矣。”

⑤臣甫句:指唐杜甫《杜鹃》诗中有“我见常再拜,重是古帝魂”句。

德相所示论书聊复戏酬[1]

沈　辽

野舍老余生[2]，雅尚今已惬。
不逃世忧患，余事寄巾蹀[3]。
行寻青山转，坐对青山叠。
欲随白云去，倘与幽人接[4]。
盘桓太清洞[5]，怅望长江艓[6]。
昔时古锦囊[7]，今还白羽箑[8]。
不复叔夜锻，真得孙登摄[9]。
九华一枯藜[10]，青溪一孤楫[11]。
得丧苟自远，死生安足慄[12]。
朱颜久不驻，白发何为镊[13]。
群物自流转，吾生寄天燮[14]。
德相屡相过，老夫宁足蹑[15]。
由来废井水，不如长剑铗[16]。
往往论书法，轩轩两目睫[17]。
中郎石经在[18]，元常表军捷[19]。
汉魏多传人，至宋有遗帖。
唐室初最盛，渐衰自中叶。
欧虞缅谁嗣[20]，颜柳何足躐[21]。
篆籀昔难工，草圣谁敢辄。

巨山作散隶[22]，雄古掀龙须。
贞观喜飞白[23]，凌历腾春蝶。
岂特豁神观，直可祛鬼魇。
古人有所寓，天性难必协。
所志有小大，其材有勇怯。
或惮懦文雅[24]，或轩昂豪侠。
或转战鞍马，或驱驰弋猎。
或发于止谏，或得于讼牒。
或奋夺床陛[25]，或造成械槢[26]。
或为神所追，或自执所劫。
或醉以贾祸[27]，或诈以行谍。
或习于娱乐，或劳于呫嗫[28]。
有灿如文锦，有劲如金梜[29]。
有倚如戈锋，有点如山寨[30]。
有驶或如波，有媚或如靥。
或腾如烟霏，或落如鸟跕。
渊妙欲飞动，拙恶愧偏掭[31]。
当寝或不寐，当昼亦忘馌[32]。
有誉终甚微，或毁则群嗫[33]。
为功有不至，考古安能厌[34]。
十年幸能就，万金毫岂浥[35]。
金玉敷卷轴，龙蛇闭箱笈。
是惟小夫技[36]，宁当丈夫业。
譬如论唐虞[37]，何曾道郇叶[38]。

如君负高识，于此何足挟。
一战虽未霸，遐心岂即怗[39]。
朝廷方洽熙，四夷皆远慑。
坐复洮河地[40]，直捣幽燕胁[41]。
朝夕奏奇功，群儒争鼓箧[42]。
太平任文治，战血何烦喋。
道德以为宇，威武以为堞。
岂比叔孙生，杂用随何颊[43]。
吾衰何可道，不死同原涉[44]！

沈辽（1032—1085），字睿达，钱塘（今浙江杭州）人。官至华亭县事。工诗文，善书法，精鉴赏，富收藏。米芾《海岳名言》有"沈辽排字"之谓。池州时，筑室齐山，名之曰"云巢"。著有《云巢集》传世。

【注释】

①德相：指王安石。

②野舍：指"云巢"。

③巾蹀：头巾、踏步。引申为旅行。蹀可引申为鞋。

④倘：倘若。

⑤太清洞：不详。

⑥艓：轻便船。唐杜甫《最能行》："富豪有钱驾大舸，贫穷取给行艓子。"

⑦古锦囊：锦制之囊。《唐文粹·李商隐·李贺小传》："恒从小奚奴，骑距驴，背一古破锦囊，遇有所得，即书投囊中。"

⑧箑：扇。

⑨叔夜：嵇康字。仕魏为中散大夫，工诗文，善鼓琴，精乐理，尚老庄，为"竹林七贤"之一。琴曲《广陵散》精妙绝伦，临刑，索琴弹之。锻，《晋书·嵇康传》："康好锻，每于柳树下锻。钟会造之，锻如故。"孙登：三国魏人，隐居汲郡

山中,居土窟,好读易,弹琴,善啸,曾与嵇康游。登语康曰:“子才多识寡,难免乎于今之世。”后康终为司马昭所诬杀害。此句即指其事。

⑩枯藜:指用藜老茎做的手杖。

⑪孤楫:指小船。楫,船的短桨。

⑫慄:恐惧。

⑬镊:拔除。

⑭天燮:天道和顺。

⑮足蹑:追随其后。《三国志·魏·邓艾传》:“(杨)欣等追蹑于疆川口,大战,(姜)维败走。”

⑯长剑铗:《战国策·齐》:“(冯谖)倚柱弹其剑,歌曰:‘长铗归来乎,食无鱼!’”

⑰轩轩:自得貌。《新唐书·孔戣传》:“戣自以适所志,轩轩甚得。”

⑱中郎:蔡邕,见前注。

⑲元常:钟繇,见前注。表军捷:钟书《贺捷表》。又名《戎路表》。东汉建安钟六十八岁时,得知蜀将关羽被杀,向朝廷写的贺捷表奏。《宣和书谱》:“楷法今之正书也,钟繇《贺捷表》备尽法度,为正书之祖。”

⑳欧虞句:欧阳询、虞世南。缅,谓遥远。

㉑颜柳句:颜真卿、柳公权。躐:超越。

㉒巨山:卫恒字。善草、散隶书。著有《四体书势》。详见前注。

㉓贞观:指李世民。

㉔惮懦:畏惧,软弱。

㉕床陛:指地位而言。

㉖械楷:木制的坚硬的器具。

㉗贾祸:自招祸患。《左传·定公六年》:“……以杨楯贾祸,弗可为也已。”

㉘呿噆:张口闭口。呿,张口。《庄子·秋水》:“公孙龙口呿而不合,舌举而不下。”噆,闭合。《庄子·天运》:“予口张而不张噆。”

㉙金梜:梜,汉郑玄云:梜,犹箸也。此谓金饰之箸,犹书法劲挺。

㉚嶪:高大貌。

㉛抳:以指按捺。唐李商隐《柳枝序》:“吹叶嚼蕊,调丝抳管。”

㉜馌：指吃饭。

㉝嗫：窃窃私语。毁，指批评，评论。

㉞厌：压制。《左传·昭二六年》：“……曰将以厌众。”《汉书·翼奉传》：“东厌诸侯之权，西远羌胡之难。”

㉟浥：湿润貌。

㊱是惟句：汉扬雄《法言·吾子》，“或问：‘吾子少而好赋？’曰：‘然，童子雕虫篆刻。’俄而曰：‘壮夫不为也。’”按西汉童学书秦八体，虫书、刻符两种，引申为辞赋之雕章琢句。

㊲唐虞：古史称陶唐氏（尧）与有虞氏（舜）有揖让天下之说，后以此为太平盛世。《论语·泰伯》：“唐虞之际，于斯为盛。”

㊳郇叶：郇，古国名，周文王之子封地，春秋时为晋地，在今山西临猗西南。叶，古地名，春秋为楚地，春秋成十五年“许迁于叶”。今在河南南阳附近。

㊴怗：贴伏，平服。

㊵洮河：洮水，黄河上游支流，在甘肃省西南。

㊶幽燕：今河北北部及辽宁一带。唐以前属幽州，战国时属燕国，故称幽燕。敖陶孙《诗评》：“魏武帝（曹操）如幽燕老将，气韵沉雄。”

㊷鼓箧：指敲击书箧。

㊸叔孙生：指叔孙豹（？—前537），姬姓。史称叔孙穆子，春秋时为鲁国大夫。据《左传》记载，叔孙豹回答范宣子死而不朽的“三不朽”说：“太上有立德，其次有立功，其次有立言，虽久不废，此之谓不朽。”

㊹原涉：西汉后期新朝王莽时的著名游侠。《汉书·游侠传》：“原涉，字巨先，性略似郭解，外温仁谦逊而内隐好杀，睚眦于尘中，触死者甚多。”

维心方刊正三国史某以精笔遗之蒙饷大篇为谢气格浑然三复感叹漫依元韵奉和芜陋增愧[1]

沈与求

诸豪雄夸剑芒铦[2]，毛锥敛避收余尖。
棖间黯黮渴铜雀[3]，案上爬沙枯玉蟾[4]。
学堂山人有遗裔，笔力大可千人兼。
掉头不肯书柿叶[5]，酒酣起舞怒奋髯[6]。
十年归坐溪口屋，傲视冠冕犹髡箝[7]。
草玄草圣聊戏耳[8]，如医如药信手拈。
迩来直笔到三国[9]，去取法度何森严！
眼中青白世矜异[10]，皮里阳秋谁顾瞻[11]？
更怜中书今且老[12]，鸡毛苇管争出奁[13]。
悬知入手便狞劣[14]，那复助子穷幽潜[15]！
我持妙颖急送似，标题珍重存华签[16]。
势如执法贵心正[17]，俗病要以此语砭。
挥扫定见龙蛇走，紬绎何惮岁月淹[18]！
须知笔意似人意[19]，柔顺未必非凶twy[20]。

沈与求(1086—1137)，字必先，号龟溪。湖州德清(今浙江德清)人。宋徽宗政和五年(1115)进士。官拜参知政事，除知枢密院事。著有《龟溪集》。

【注释】

①维心方：生平不详。刊正：犹校正。三国：指东汉后魏、蜀、吴鼎立时期。蒙饷：承蒙赠送。芜陋：繁杂简陋，谦辞。

②铦：锐利。

③椟间：指木匣、木柜。黯黮：昏暗不明。《楚辞·宋玉·九辩》："彼日月之照明兮，尚黯黮而有瑕。"铜雀：指铜雀砚。三国魏曹操筑铜雀台。后人以其瓦琢砚，相传贮水数日不渗。

④爬沙：指动物爬梳沙土、行进之貌，引申为锥画沙。玉蟾：玉蟾蜍，即文房用器水滴。

⑤柿叶：柿叶书。《新唐书·郑虔传》云：郑虔好书，常苦无纸，知慈恩寺贮柿叶数屋，遂往日取叶以习书。

⑥酒酣起舞怒奋髯：此谓张旭酒酣作草之事。

⑦髡箝：一种剃去头发而以铁圈束头的刑罚。《史记·季布传》："乃髡钳季布，衣褐衣，置广柳车中。"

⑧草玄：指扬雄。草圣：指张旭。

⑨直笔：指史官据事直书，无所顾忌。《文心雕龙·史传》："奸慝惩戒，实良史之直笔。"

⑩眼中青白：《晋书·阮籍传》："籍又能为青白眼，见礼俗之士，以白眼对之。及嵇喜来吊（籍母故），籍作白眼，喜不怿而退。喜弟康闻之，乃赍酒抚琴造焉，籍大悦，乃见青眼。"青眼：眼珠在中间，正视。后以青眼喻对人的尊重或喜爱。白眼反之。唐王维《过卢员外宅看饭僧共题》："三贤异七圣，青眼慕青莲。"杜甫《丹青引赠曹将军霸》："途穷反遭俗眼白，世上未有如公贫。"

⑪皮里阳秋：《晋书·褚裒传》："裒少有简贵之风，……谯国桓彝见而目之曰：'季野有皮里阳秋。'言其外无臧否，而内有所褒贬。"后指人表面不作评论，内心有所褒贬。

⑫中书：指毛笔。即"中书君"。

⑬鸡毛苇管：指毛笔，晋王羲之《笔经》："岭外少兔，以鸡毛作笔，亦妙。"

⑭狞劣：恶劣。宋张扩诗云："驽马策不入，狞劣如骑骡。"此谓书法用笔

凌厉迅猛。

⑮幽潜:犹幽暗、深沉。《楚辞·王褒·九怀》:“鲸鱏兮幽潜,从虾兮游陼。”

⑯华签:喻精美的书法作品。

⑰贵心正:指柳公权“心正,则笔正”之说。

⑱䌷绎:理出头绪。《汉书·谷永传》:“燕见䌷绎,以求咎愆。”

⑲汉扬雄《法言·问神》:“故,言,心声也;书,心画也。声画形,君子小人见矣。”

⑳凶憸:凶恶,奸邪。

临池歌

刘子翚

刘致思倦游[①]，复卧故庐，有意学书，来求石刻。因慨然念昔经行秦洛赵魏间[②]，未尝不回骖驻轸[③]，搜访古迹，故宫遗址，丰碑断碣，历历相望也。吹埃剔藓，考年代之所志；订古验今，识兴衰之所自。至乃坏垅荒榛[④]，微阳雾雨[⑤]，虽暴露沾沐，僮仆色难，而余踌躇不忍去也[⑥]。奇踪伟笔，多致墨本，甚者缺裂模糊不可辨了，亦皆摸脱以归[⑦]。登登之声[⑧]，殷乎山谷。□归所获，车载牛负，不可胜计。丧乱以来，汛扫焚□何止七厄哉[⑨]。今披箧视之[⑩]，十得一二，有副本者，□以与致思。致思明爽，尝留心字学，运笔流快，风动草偃。固足以轩轾流辈[⑪]，然未能窥古人藩域者[⑫]，功亏一篑耳[⑬]。夫洞石什木，非蹶张挽强者所能。用志不分，乃凝于神，梓庆削鐻[⑭]，痀瘘承蜩[⑮]，皆此道也。致思充是而学焉，余不知其所至矣。因作《临池歌》以坚其志，切切偲偲[⑯]，亦朋友之义也。

君不见，钟繇学书夜不眠，以指画字衣皆穿[⑰]。
当时尺牍来邺下[⑱]，锦标玉轴争流传。
又不见，鲁公得法屋漏雨[⑲]，意象咄咄凌千古。
断碑零落翠苔封，直气英风犹可睹。
元常独步黄初际[⑳]，清臣后出今无继[㉑]。
风神迥处本天资，巧力亦自精勤至。
羡君好尚何高奇，寒窗弄笔手生胝。
向来失计堕尘网，锐气直欲摩云飞。
男儿舌在心何怍[㉒]，却拟临池寻旧学。

要须笔外见钟颜㉓，会自蛟龙生掌握。

银钩石刻余何爱，劝以短歌君勿怠。

他时八体妙有余，此歌倘可君绅书。

刘子翚(1101—1147)，字彦冲，号屏山，一号病翁，建州崇安(今属福建)人。以荫为官，官至兴化军通判。后退居武夷山，专事讲学。朱熹曾从其问学。著有《屏山集》传世。

【注释】

①倦游：指仕官不如意而思退休。

②秦洛赵魏：秦指今陕西省，洛指今河南洛阳。赵指战国时，晋卿赵、魏、韩三家分晋自立，赵得今河北南部、山西北部，后为战国七雄之一，为秦所灭。魏指战国魏斯与韩、赵分晋，列为诸侯，建都安邑、后迁都大梁，又称梁。安邑，今山西夏县一带。梁，今河南开封。

③骖：驾车时位于两旁的马。轸：指车。

④坏垅荒榛：犹荒郊野外，杂草丛生。垅，指田地分界的土堆、田埂。榛，《广雅·释木》：“木丛生曰榛。”

⑤微阳雾雨：指天气昏暗，雨蒙蒙状。

⑥踌躇：犹豫，徘徊不前。

⑦摸脱：谓“摹拓”。摸，通“摹”。拓取碑文是也。

⑧登登之声：即摹拓碑文时敲打碑石之响声。殷：盛、大。

⑨七厄：指屡经苦难。厄：苦难。

⑩披箧：开箱子。

⑪轩轾：车舆前高后低(前轻后重)称轩，前低后高(前重后轻)称轾。引申为轻重高低，不相上下。

⑫藩域：遥远、神秘之领域。

⑬功亏一篑：《书·旅獒》：“为山九仞，功亏一篑。”指功败垂成。一篑，一筐。篑，盛土的竹器。

⑭梓庆削鐻：语出《庄子·达生》："梓庆削木为鐻，鐻成，见者惊犹鬼神。"古代乐器一，夹置钟旁，形如猛兽。后改为铜铸。

⑮痀瘘承蜩：语出《庄子·达生》："仲尼适楚，出于林中，见痀偻者承蜩，犹掇之也。"痀瘘，曲背。承蜩，粘蝉，把蝉粘住。

⑯切切偲偲：责勉。《论语·子路》："切切偲偲，怡怡如也，可谓士矣。"《注》："切切偲偲，相切责之貌。怡怡，和顺之貌。"

⑰《宣和书谱》："繇初求蔡邕笔法于韦诞，诞秘而不传，辄搥胸呕血，几至于毙，魏太祖（曹操）以五灵丹救之得活。及诞死，繇盗发其塚，遂得邕法，于是学书益进，虽穷昼夜，无少间辍，卧则以手画被，被为之穿，故其书遂与羲、献、索、卫相后先。"

⑱南朝梁庾肩吾《书品》："钟天然第一，工夫次之，妙尽许昌之碑，穷极邺下之读。"邺下：即魏置邺都，与长安、谯、许昌、洛阳合称五都，今河北大名县一带。

⑲陆羽《释怀素与颜真卿论草书》："素曰：'吾观夏云多奇峰，辄常师之，其痛快处如飞鸟出林、惊蛇入草。又遇坼壁之路，一一自得。'真卿曰：'何如屋漏痕？'素起，握公手曰：'得之矣。'"

⑳元常：钟繇。黄初，三国魏曹丕（文帝）年号，公元220—226年。

㉑清臣：颜真卿。

㉒怍：惭愧。

㉓笔外：即意在笔外。笔外见钟颜，是对学习书法的一个高级追求，也是学习书法的最高目标。如同黄庭坚云："随人作计终后人，自成一家始逼真。"

吴傅朋游丝帖歌[①]

刘子翚

园清无瑕二三月，时见游丝转空阔。
谁人写此一段奇，著纸春风吹不脱。
纷纭纠结疑非书，安得龙蛇如许癯[②]。
神纵政喜索不断，老眼只愁看若无。
定知苗裔出飞白[③]，古人妙处君潜得。
勿轻漠漠一缕浮，力道可罣千钧石[④]。
睠予弟兄情不忘[⑤]，轴之远寄悠然堂。
谢公遗髯凛若活，卫后落鬓摇人光[⑥]。
翻思长安夜飞盖[⑦]，醉哦声落南山外[⑧]。
乱离契阔三十秋[⑨]，笔意与人俱老大。
政成著脚明河津[⑩]，外家风流今绝伦[⑪]。
文章固自有机杼[⑫]，戏事岂足劳心神[⑬]。

【注释】

①吴傅朋：见《宋诗钞·屏山集钞》注："傅朋，王逢源外甥也。"傅朋，吴说之字，号练塘，人称吴紫溪。《中国书法大辞典·吴说》："工书翰。楷、行、草及榜书均佳。小楷人称宋时第一。其榜书沉稳端润，颇得宋高宗赏识。行、草圆润流丽。其独创的游丝书颇负盛名，一笔一行，游丝连绵，有古篆柳叶体笔意。传世书迹有《三诗帖》《叙慰帖》《门内帖》《行艺诗帖》《千字文》等。"

②癯：瘦。

③苗裔：子孙后代。《楚辞·离骚》："帝高阳之苗裔兮，朕皇考曰伯庸。"朱

熹集注:“苗裔远孙也。”

④罣:同“挂”。

⑤睠:反顾、眷念。同“眷”。

⑥谢公指谢灵运,卫后指汉武帝皇后卫子夫,此句喻吴傅朋游丝书如谢灵运的美髯须栩栩如生,如汉武帝皇后卫子夫梳妆时落下的黑发楚楚动人。凛:敬畏。摇人光:语自摇光,星名,也作瑶光,又名招摇。《汉书·司马相如传·大人赋》:“悉征灵圉而选之兮,部署众神于摇光。”

⑦翻思:反复回想。长安:今陕西西安。飞盖:驱车。

⑧醉哦:醉中吟唱赋诗。《说文》:“哦,吟也。”南山:指终南山。今陕西西安市南。

⑨契阔:离散。《诗·邶风·击鼓》:“死生契阔,与子成说。”

⑩著脚:落脚。宋陆游《读史》:“人间著脚尽危机,睡觉方知梦境非。”河津,河边的渡口。庾信《春赋》:“三日曲水向河津,日晚河边多解神。”

⑪外家:指外祖父母家、舅家。即王逢源之外甥吴傅朋。

⑫机杼:本指织布机。此喻文章创作中的构思和布局。《魏书·祖莹传》:“莹以文学见重,常语人云:‘文章须自出机杼,成一家风骨,何能共人同生活。’”

⑬戏事:游戏之事。

书浯溪《中兴碑》后[1]

范成大

乾道癸巳春三月[2]，余自西掖出守桂林[3]，九日渡湘江，游浯溪，摩挲中兴石刻洎唐元和至今游客所题[4]。窃谓四诗各有定体。颂者，美盛德之形容，以其成功告于神明者也。商、周、鲁之遗篇，可以概见。今元子乃以鲁史笔法[5]，婉辞含讥，盖之而章；后来词人复发明呈露之！则夫摩崖之碑，乃一罪恶，何颂之有。窃以五十六字刻之石傍，与来者共商略之。此诗之出，必有相诟病者[6]，谓不合题破次山，此亦习俗固陋，不能越拘挛之见耳。余义正词直，不暇恤也[7]。

三颂遗音和者希[8]，丰容宁有刺讥辞[9]。

绝怜元子《春秋》法，都寓唐家《清庙》诗[10]。

歌咏当谐琴搏拊[11]，策书自管璧瑕疵[12]。

纷纷健笔刚题破，从此摩崖不是碑。

范成大（1126—1193），字致能，苏州吴县（今江苏苏州）人。高宗绍兴廿四年（1154）进士。官中书舍人、静江知府、参知政事等。晚年隐居石湖，号石湖居士。素有文名，尤工于诗，以能书称，为南宋大家。师法黄鲁直，米南宫，而自变其体，遒劲可爱。著有《石湖集》等 。《宋史》有传。

【注释】

①《中兴碑》：见前注。

②乾道:年号,指南宋孝宗帝赵昚,公元1165—1173年。

③西掖:中书省的别称。掌管中枢机密的机构。

④摩娑:抚摸。唐韩愈《石鼓歌》:"牧童敲火牛砺角,谁复著手为摩挲。"洎:及,连及。

⑤元子:元结。鲁史笔法:即春秋笔法,即孔子作《春秋》的笔法。

⑥诟病:耻辱,侮辱。

⑦恤:此为害怕,畏惧。明何景明《芳树》:"秋风不足恤,华滋也有时。"

⑧三颂:即《诗经》中《周颂》《鲁颂》《商颂》。

⑨刺讥:亦作"刺几",犹言讥刺。《史记·平原君虞卿列传》:"不得意,乃著书,上采《春秋》,下观近世……凡八篇。以刺讥国家得失……"

⑩《清庙》:《诗·周颂》中有《清庙》篇。《诗序》谓为祀文王之歌。

⑪搏拊:古乐器名,状如腰鼓。《书·益稷》:"戛击鸣球,搏拊,琴瑟以咏。"

⑫策书:当指皇帝颁发的文书,也是汉朝命令中的一种。蔡邕《独断》曰:"策者,简也。……"指碑上文人墨客所题石刻。

醉中作行草数纸

陆　游

还家痛饮洗尘土，醉帖淋漓寄豪举。
石池墨汁如海宽[①]，玄云下垂黑蛟舞[②]。
太阴鬼神挟风雨[③]，夜半马陵飞万弩[④]。
堂堂笔阵从天下[⑤]，气压唐人折钗股[⑥]。
丈夫本意陋千古[⑦]，残虏何足膏碪斧[⑧]！
驿书驰报儿单于[⑨]，直用毛锥惊杀汝。

陆游(1125—1210)，字务观，号放翁。越州山阴(今浙江绍兴)人。绍兴中应礼部试，为秦桧所黜。孝宗即位，赐进士出身，曾任镇江、隆兴、夔州通判。官至宝章阁待制。书翰笔札精妙。遒严飘逸，意致高远。工诗文，长于史学。与尤袤、杨万里、范成大并称"南宋四大家"。诗清新圆润，格力恢宏。著有《剑南诗稿》《渭南文集》等。《宋史》有传。

【注释】

①石池：即砚池。

②玄云：黑云。晋阮籍《咏怀诗》："寒风振山冈，玄云起重阴。"

③太阴：指月亮。此当为夜晚讲。唐柳宗元《感遇》诗："坐使青天暮，小星愁太阴。"

④马陵：《文史知识辞典》："公元前341年，齐军用孙膑计，诈，魏军紧追。追至马陵(今河南范县西南)，天黑道狭，齐军万弩齐发大败魏军。"

⑤笔阵：谓书法用笔和诗文章法有如军阵。晋卫夫人著有《笔阵图》，晋王羲之《题〈笔阵图〉后》："夫纸者，阵也；笔者，刀稍也。"

⑥折钗股：书法中用笔的一种技法。形容转折的笔画，虽然盘曲回旋而其笔致依然保持饱满圆润。见前注。

⑦陋：鄙薄。汉张衡《东京赋》："苟有胸而无心，不能节之以礼，宜其陋今而荣古矣。"

⑧碪：亦作"砧"。碪斧：指磨斧，使其锋利。

⑨单于：汉时匈奴称其君长为单于。宋时因之。

暇日弄笔戏书

陆　游

草书学张颠，行书学杨风[①]。
平生江湖心，聊寄笔砚中。
龙蛇入我腕，匹素忽已穷[②]。
余势尚隐辚[③]，此兴嗟谁同！

【注释】

①杨风：杨凝式，杨风子。

②匹素：书法用纸或绢。

③隐辚：车马杂沓声。唐皮日休陆龟蒙《开元寺楼看雨联句》："残雷隐辚尽，反照依微见。"

题《定武兰亭》副本[1]

王 柏

玉华末命昭陵土，《兰亭》神迹埋千古[2]。
率更拓本入坚珉，□帝归装投《定武》[3]。
薛家翻刻愚贵游，旧石宣和龛御府[4]。
胡尘横空飞渡河，中原荆棘穴豺虎[5]。
维扬苍茫驾南辕，百年文物不堪补。
纷纷好事竞新模，倾欹丑俗亡遗矩。
如今薛本亦罕见，仿佛典刑犹媚妩。
清欢盛会何足传，右军它帖以千数。
托言此笔不可再[6]，慨然陈迹兴怀语。
今昔相视无已时[7]，手掩尘编对秋雨。

王柏(1197—1275)，字会子，婺州金华(今浙江金华)人。少慕诸葛亮为人，自号长啸，后更号鲁斋。工诗善书，著述甚富。著有《鲁斋集》等。

【注释】

①《定武兰亭》：见前注。

②指唐太宗将《兰亭》真迹随葬昭陵事。前有详注。玉华：玉的精华。

③指"定武本"《兰亭》。是以欧阳询所临拓本为蓝本的。

④郑杓、刘有定《衍极并注》："薛师正出牧，求墨本者踵至，薛恶之，乃刻别本留谯楼下，以授觅者。其长子绍彭，又摹刻赝本于郡，易得中山本以归长

安，镵损‘湍’‘流’‘带’‘右’‘天’以掩其迹。……大观中其弟嗣昌奏之，徽宗诏取其石，龛于宣和殿。”

⑤此句及以下两句：郑杓、刘有定《衍极并注》：“靖康之乱，独此石弃不取，高宗驻跸广陵，宋泽居守东都，见之，遣骑驰进。逾月，金人复南寇，高宗幸浙，失之。”

⑥《兰亭序》中云：“向之所欣，俯仰之间以为陈迹，犹不能不以之兴怀。”朱仁夫《中国古代书法史》：“《兰亭序》写好后，羲之自己十分得意，以后又写十余遍，都不及原作。”

⑦《兰亭序》有句云：“后之视今亦由今之视昔。”

元

YUAN

范文正公黄素小楷《昌黎伯夷颂》[1]，盖宋皇祐三年十一月，在社所书以遗京西转运使苏公舜元者也。后二百四十年，大兴李侯戡得此本于燕及南来守吴乃文正公乡里，即访公子孙以畀[2]之范氏。喜而索诗为赠

戴表元

有耳不听《下里巴人》[3]，有手不写《剧秦美新》[4]。
天生灵物寄我体，可惜秽弃同埃尘。
清风百世希文老，一字流传今是宝。
谁知堂堂《伯夷颂》，曾借春晖发枯槁。
韩子也复英雄姿[5]，冰寒斗峻余文辞。
吹嘘自起北海隐[6]，脍炙聊慰西山饥[7]。
天荒地老精灵在，处处江湖红散彩[8]。
青离孔氏忽自归[9]，今遇龚侯如有待。
世情爱古兼爱奇，书奴满眼非吾师。
请君焚香盥手拜此帖，归洗人间儿女痴。

戴表元(1244—1310)，字帅初，一字曾伯，庆元奉化(今浙江奉化)人。宋咸淳进士，任建康府教授。《元史》称其"以振起斯文为己任""其文清深雅洁，化陈腐为神奇"。著有《剡源集》。

【注释】

①《昌黎伯夷颂》:见前注《夷清韩颂》。

②畀:给予。《诗·小雅·巷伯》:“取彼谮人,投畀豺虎!”

③《下里巴人》:古代民间通俗歌曲。下里即乡里。巴,古国名,今四川省东部一带。《战国策》中宋王对楚王问:“客有歌于郢中者,其始曰下里巴人,国中属而和者数千人。”

④《剧秦美新》:指王莽建新王朝,扬雄仿司马相如封禅文,上封事给王莽,评论秦朝,美化王莽的新朝,故名之。剧,短促。

⑤韩子:即韩愈。

⑥北海隐:指苏武事。西汉武帝天汉元年(前100),苏武以中郎将出使匈奴,被留。匈奴单于胁迫其投降,武不屈,被从至北海,使牧公羊,俟羊产子乃释放。武嗑雪食草籽,持汉节牧羊十九年,节旄尽落。后昭帝即位和亲武得归,拜为典蜀国,赐爵封侯,图形于麒麟阁。

⑦西山饥:谓伯夷隐于首阳山,不食周粟事。《史记·伯夷列传》:(伯夷)采薇而食之。及饿且死,作歌。其辞曰:“登彼西山兮,采其薇乎,以暴易暴兮,不知其非矣。……”遂饿死于首阳山。

⑧红散彩:指红草,即荭草。

⑨青离:即青螭,喻骏马。

怀素青帘《斗将三帖》歌[1]

郝　经

青布高垂夸美酒，醉僧扶书赊几斗[2]。
朝朝挂向长安市，行人看书不饮酒。
唐家既灭酒家亡，青帘草圣千载后[3]。
瀚海西边唐将斗，将军挥戈虏连彀[4]。
当时本自说战功，却使醉僧夸好手。
笔势更比青帘雄，常山长蛇救尾首[5]。
贾侯爱玩看不休[6]，不肯插向万卷楼。
壁间一双岳湛璧，洒落神俊悬清秋。
见我酒酣使题评，快饮数钟浇枯喉。
为说草书秦汉间，变出楷隶盖有由。
但存妙处遗土苴[7]，纵笔自如成锁钩[8]。
大巧既穷出大拙[9]，作者每向无心求[10]。
所以颠张醉素嗜酒能出奇，放浪纵恣隘九州[11]。
夭矫腾蛟龙[12]，峻利森戈矛。
婀娜春树花，肃飒秋江鸥。
兔起复鹘落，云行溪水流。
神聚精不散，抉怪还撑幽。
都非有意举自然，所以超凡入圣直与造化侔[13]。
陶然以酒寓天趣[14]，一著直在最上头。

莫言只作醉僧图，君未得醉方隐忧。
一身缠缚万古愁，焉能浩浩复悠悠⑮。
侯乃大笑言，君更饮数瓯。
壁间又添珠一斛，三帖使我子孙收。

郝经(1223—1275)，字伯常，泽州陵川(今山西陵川)人。家贫，但酷爱读书，金亡被蒙古将张柔、贾辅延为上客，得读其藏书。中统元年(1260)以翰林侍读学士使宋，为宋扣留，后至元十二年(1275)得释，北还，旋病卒。著有《续后汉书》《陵川集》等。

【注释】

①青帘：酒帘，古时酒店挂的幌子。唐刘禹锡《鱼复江中》诗："风墙好住贪程去，斜日青帘背酒家。"《斗将三帖》：《宣和书谱·卷十九·草书七》："唐，释怀素……今御府所藏草书一百有一：……《鄂公斗将赞》三……"

②赊：买物缓偿其价。唐许浑《郊居春日有怀府中诸公并柬王兵曹》诗："僧舍覆棋消白日，市楼赊酒过青春。"

③青帘草圣千载后：谓唐王朝和酒家与日已远，而怀素草书却能流传千载。

④彀：用力张弓。此句当谓鄂公战突厥事。见《旧唐书·尉迟敬德》传。

⑤常山长蛇：古阵法，即常山阵，首尾呼应如常山之蛇。《孙子·九地》："故善用兵，譬如率然。率然者，常山之蛇也。"

⑥贾侯：此指收藏者。

⑦土苴：泥土和枯草。喻微贱的东西。《庄子·让王》："道之真以治身，其绪于以为国家，其土苴以治天下。"

⑧锁钩：此谓一种弯曲的锁链，相互勾通联结。元范梈《木天禁语·六关·七言律诗篇法》："数字连序，中断，钩锁连环。"

⑨大巧句：《老子》："大直若屈，大巧若拙，大辩若讷。"

⑩谓书法创作的自然心态，与《东坡题跋·评草书》："书初无意于佳乃佳"同意也。

⑪隘：险要之地。《淮南子·兵路》："一人守隘，而千人弗敢过也。"意即怀素书法不同凡响的感人艺术魅力。

⑫此句并下八句：形象比喻怀素草书的艺术感染力。

⑬侔：相等，相同。《墨子·小取》："侔也者，比辞而俱行也。"

⑭陶然：悠闲欢乐之状。

⑮谓书法创作须抛去杂念，才能写出优秀佳什。此句意同蔡邕《笔论》："书者，散也。欲书先散怀抱，任情恣性，然后书之。"又"为书之体，须入其形……纵横有所象者，方得为之书矣。"

跋鲁公《送刘太冲序帖》[1]

郝　经

鲁公笔法皆正笔，出奇独有刘太冲。
初从真草入行草，削去畦町尤清雄[2]。
悬针数笔皆侧锋，往往矫矫如飞龙。
轮囷权奇恣挥洒[3]，瑰伟乃见烈士风[4]。
观此好向书家道，未有能真不能草。

【注释】

①《中国书法鉴赏大辞典·上》:"《送刘太冲序帖》,唐,颜真卿书。墨迹本,纸本。行书。一页,24行,163字。钤有'缉熙殿宝''世所希有''赵''楚国米芾''桂馥之印''绿溪山庄考藏之印''渭仁''叔言'等鉴藏印。宋《宣和书谱》、米芾《书史》、明董其昌《容台集》等著录。罗振玉有影印本。"宋留元刚编《史义堂帖》中孙承泽云:"《送刘太冲序》墨迹,旧在中书赵士祯家,后归之关中南宗伯,宗伯殁,归之孝廉东荫。适余从孝廉处借临月余,国学所摹刻即赵氏本也。此本与墨迹文及书法俱少异,岂传世不止一本乎。孙承泽记。"

②畦町:本指地垄、田界。引申为书法的格式,体式。谓颜公书法脱略蹊径,不同凡响,宋米芾《书史》评曰:"神彩艳发,龙蛇生动,睹之惊人。"明董其昌《画禅室随笔》曰:"郁屈瑰奇,于二王法外别有兴趣。"

③轮囷:高大。三国魏何晏《景福殿赋》:"爰有遐狄,镣质轮囷。"《礼·檀弓·下》:"美哉轮焉。"《注》:"轮,轮囷,言高大。"

④烈士:坚贞不屈的刚强之士。《庄子·秋水》:"白刃交于前,视死若生者,烈士之勇也。"

书磨崖碑后[1]并序

郝　经

书至于颜鲁公，鲁公之书又至于《中兴颂》，故为书家规矩准绳之大匠。河朔尝见三数本，皆完好，而森森如剑戟，有不可犯之色。今得此本，颇为残缺，既装褙，则反得古中韵胜。乃知崖角刓弊，本真全露，有李白所谓"秋水出芙蕖，天然去雕饰"者，尤可赏激也，乃为赋诗云。

汝南昔曾谒公祠[2]，霜日皓洌森英姿[3]。
乃今江馆坐牢落，夺目忽睹《中兴碑》。
神明焕若还旧观，义烈凛凛生见之。
滞气激起天宇豁，快意发冢挥金锤。
生平每为二贤惜，以技掩节公羲之。
不阿桓温止殷浩，遗世脱屣终游嬉[4]。
平原突兀杲卿死，李唐中业公能持[5]。
政令二贤书不工，只字片楮尤当奇[6]。
矧其超出二王笔[7]，冠冕百代书家师。
坡翁论书至公止[8]，此本于公又奇至。
正笔篆玉藏李斯，出笔存锋兼汉隶。
古硬陵铄《瘗鹤铭》，韵胜韬抉《兰亭记》。
《离堆》雄骏仅能亚，《画赞》沈深还栉比[9]。
书法至此为绝尘，顿觉诸家异端异。
恢宏正大极遒紧，驰骛刚方穷壮丽。

万古千秋讨贼心，二十四城忠义气[10]。
惜哉岁久颇残缺，苔蚀潮冲寖磨灭。
去国几年似者希，沧海遗珠亦奇绝[11]。
酒酣对酌虎贲郎[12]，况乃摩挲是明月。
断画崭崭乞断金[13]，倔强常山笔端古。
中间剥泐尚含胡[14]，惨淡中丞面余巇[15]。
载看激烈壮士肝，意苦时危将泣血。
置书勿论抚膺叹，更有何人似公节?
忠贞端不负巡远，文字尤令重元结。
只今谁识段文昌[16]，世上焉知李希烈!
终南太华皆可磨[17]，后人竟莫堕嵯峨。
惟余浯溪青天一片石，照耀邃古驰江河。
谁能与世建此不朽业，荡攘邪秽蠲袄疴。
再立元气攄浇讹[18]，踵武至德肩元和[19]。
九原起公吾其歌[20]。

【注释】

①书磨崖碑：指颜真卿书《大唐中兴颂》碑，前有注。宋黄庭坚《山谷集》："鲁公书《中兴颂后诗》本从《瘗鹤铭》出而加以翩翩风致，几欲跨唐人而上之。"宋董逌《广川书跋》："此尤瑰玮，故世贵之，今数百年藓封莓固，远望云烟外，至者仰而玩之，亦天下之伟观邪。"

②汝南：郡名，汉高帝四年（公元前203年）置，治所在上蔡（今河南上蔡西南）。唐天宝、至德时曾分别改蔡州、豫州为汝南郡。

③皓冽：清辉。皓，明亮。冽，请澄。

④桓温（312—373）：晋谯国龙亢人，字元子，桓彝之子，明帝女婿。初为荆州刺史，定蜀，攻前秦，战功赫赫，官至大司马。尝谓："既不能流芳百世，不

足复遗臭万载邪!"《晋书》有传。殷浩(—356),晋陈郡长平人。字渊源,好老易,当时负盛名。"渊源不起,当如苍生何?"之语,曾为扬州刺史,与桓温不睦,后为桓温所害。曾终日书:"咄咄怪事"四字。此句谓王羲之有"骨鲠"之称,《晋书》:"时殷浩与桓温不协,羲之以国家之安在于内外和,因以与浩书以戒之,浩不从。及浩将北伐,羲之以为必败,以书止之言甚切至。"脱屣:脱鞋,脱喻看得很轻松。

⑤《新唐书·颜真卿》:"禄山反,河朔尽 ,独平原城守具备,使司兵参军李平驰奏。玄宗始闻乱,叹曰:'河北二十四郡,无一忠臣邪?'及平至,帝大喜,谓左右曰:'朕不识真卿何如人,所为乃若此!'"

⑥片楮:楮,纸的代称。片楮,片纸。

⑦矧:本作"矤",况也。

⑧坡翁:苏东坡。

⑨《离堆》即颜真卿《鲜于氏离堆记》,楷书,字大三寸,为颜五十三岁所书。书法清劲雄健。原碑旧址在四川。有墨本传世。《画赞》,即《东方朔画赞》。

⑩二十四城:见前注。

⑪沧海遗珠:海中之珠为收集者所遗,喻被埋没的人才。

⑫虎贲郎:勇士的通称。《战国策·楚》:"秦地半天下,兵敌四国,被山带河,四塞以为固,虎贲之士百余万。"

⑬崭崭:险峻,高出。

⑭含胡:含糊。

⑮衊:污血。

⑯段文昌(773—835):唐臣,字墨卿。文宗时,拜御史大夫,进封邹平郡公,检校尚书右仆射,平章事,节度淮南。

⑰终南太华:终南即终南山。太华即西岳华山。

⑱浇讹:浮薄诈伪。《后汉书·党锢传序》:"叔末浇讹,王道陵缺,而犹假仁以效己,凭义以济功。"

⑲踵武:喻继承前人的事业。武,足迹。屈原《离骚》:"忽奔走以先后兮,及前王之踵武。"至德,元和皆年号也。至德,肃宗(李亨)年号(756—758)。

元和，宪宗（李纯）年号（806—820）。

⑳九原：九州之土。《国语·周·下》：“汩越九原。”

太平顶读《秦碑》[1]

郝　经

岱宗太平顶[2]，磨崖与天齐。
左列则天颂[3]，右刻张说辞[4]。
文采与书法，不离近代规。
汉封宛在周观东，秦坛复出绝顶西[5]。
坛前圆平值中峰，突兀上有始皇碑[6]。
年深雨渍百裂余，析作两峰蹲半规。
面阳数字仍可辨，隙缝重衔苔藓皮。
中间隐约见制可，完好可辨惟臣斯[7]。
拳如钗股直如筋，屈铁碾玉秀且奇。
千年瘦劲益飞动，回视诸家肥更痴。
当时风雨有余怒，岂容夸石独在兹。
只应神明爱九物[8]，不肯轰击常护持。
昔年韩文公，曾赋岣嵝诗[9]。
字青石赤皆传闻，漫为咨嗟涕连洏[10]。
何如亲登泰山日观峰[11]，光怪特见绛气缠金虹[12]。
摩挲细读秦相碑，天门高咏[13]来清风。
乃知山灵不相负，夜宿天边不忍去，醉倚云窗重回顾。

【注释】

①太平顶：指泰山玉皇顶。古代帝王登基之初，太平之岁，皆来此举行封

禅大典，祭告天地。《秦碑》：指《泰山刻石》，亦称《封泰山碑》。

②岱宗：泰山。《史记·封禅书》："岱宗，泰山也。"

③则天颂：指封禅泰山的碑刻。

④张说辞：唐玄宗开元十四年(726)十月封禅泰山。撰书《纪泰山铭》隶书，刻于大观峰，并命中书令张说撰《封祀坛颂》勒石纪德。

⑤汉封，《渊鉴类函·泰山》："汉高祖封爵之誓云：使黄河如带，泰山如砺，国以永宁，爰及苗裔。"周观：汉《泰山记》："又东南名秦观，秦观者，望见长安；吴观者，望见会稽；周观者，望见齐。"绝顶：指泰山极顶，即玉皇顶。敻出：远出。

⑥始皇碑：即《泰山刻石》。

⑦见⑥注。

⑧九物：谓珍贵之物。

⑨昔年句：韩文公即韩愈。

⑩洏：涟洏，流涕貌。

⑪日观峰：泰山著名景点之一，观日出处峰名。《渊鉴类函·泰山》："泰山东南山顶名曰日观。日观者，鸡一鸣时，见日始欲出，长三丈许，故以名焉。"

⑫《中国名胜词典·日观峰》："日出时初为一红线，渐渐扩张，忽红、忽黄、忽赭，杂以青天斑斑，似蓝似白，绚烂多彩，荡漾如波；久之红云下忽现弓形，须臾呈半圆形，其升极速，瞬间跃出海面，光芒四射。"

⑬唐李白《泰山吟》："天门一长啸，万里清风来。"

题许仲仁墨迹[①]

程钜夫

残雪词林退食时[②]，小窗开卷鬓如丝。
音传正始谁同调？气逼元和稍自持[③]。
文字不随前辈尽，风流却许后人知。
霜清日冷梅花瘦，独对炉熏看欲痴。

程钜夫(1249—1318)，字文海，建昌(今江西南城)人。初为翰林修撰，迁集贤直学士，兼秘书少监。元二十四年(1287)，拜侍御史，行御史台事。主修《成宗实录》《武宗实录》。著有《雪楼集》。

【注释】

①许仲仁：生平不详。

②退食：指退休。宋之问《奉和幸韦嗣立山庄侍宴应制》："入朝荣剑履，退食偶琴书。"

③正始：即"正始之音"。《辞源》："魏晋之际，尚玄学清谈，后人称当时的风尚言论为正始之音。"代表人物以何晏、王弼为首。元和：即元和体，唐元和年间盛行的诗体。《新唐书·元稹传》："稹尤长于诗，与白居易名相埒，天下传讽，号元和体。"

题简斋陈参政奏稿后[①]

吴　澄

君臣密勿绍兴中[②]，文物依稀贞观风[③]。
三幅奏篇存雅制，诸家题字总名公。
已闻玉匣人间见，空想银钩天上工[④]。
百八十年如一梦，摩挲遗墨视梦梦[⑤]。

吴澄(1249—1333)，字幼清，学者称草庐先生。官至翰林学士，太中大夫。哲学观点受陆九渊影响，认为“理”是“气”的主宰，“气”有清浊美恶。著有《草庐集》《吴文正公集》等。

【注释】

①简斋陈参政：生平不详。

②密勿：机密、机要。《三国志·杜恕传》：“与闻政事密勿大臣，宁有恳恳忧此者乎？”

③贞观：唐太宗时年号。

④银钩：见前注。

⑤梦梦：《诗·小雅·正月》：“民今方殆，视天梦梦。”此谓感情所至，视之模糊。

赠送蒙古字周教授[1]

贡　奎

周宣石鼓久剥落，浮云变化字迹讹。
八分小篆亦已废，纷纷行草何其多。
洪惟盛世自作古[2]，制书勒石传不磨。
知君达时尚所学，落笔星斗光森罗。
蒙恩千里领教职，养育多士培菁莪[3]。
谐音正译妙简绝，穷究根本芟繁柯[4]。
牙签玉轴点画整，照耀后世推名科。
愧予鄙俚事章句，儒冠多误将如何？

贡奎(1269—1329)，字仲章，宣城(今安徽宣城)人。天性颖敏，十岁能属文，为齐山书院山长。官至集贤直学士。著有《云林集》。

【注释】

①蒙古字：元世祖中统元年，命帝师八思巴所制蒙古新字。有四十一字母，字数千余，有语韵之法，书法上下连写自左至右。现代通行蒙古字共有三十一字母。周教授：不详。

②洪惟：语助词。《书·多方》："洪惟图天之命，弗永寅念于祀。"作古：创始。前所未有，成为新例。"古"通"故"。

③菁莪：《诗·小雅·菁菁者莪》简称。

④芟：删除，除草。《诗·周颂·载芟》："载芟载柞，其耕泽泽。"

赠龙严上人草书[1]

蒲道源

韩云浮屠多技能[2]，只今复见龙严僧。
高闲怀素去已久[3]，肯向死灰求续灯。
手追心慕忽有得，笔底涣然无滞凝[4]。
云烟结瞑鬼神泣，雷电索怪蛟龙腾。
悬崖百寻泻瀑布，老树千岁垂寒藤。
铁为门限自兹始[5]，但恐纸价相仍增。
我闻雪庵亦工此[6]，好事往往输缣缯。
都城颜扁妙天下[7]，骤得荣宠非阶升。
龙严更须追三昧[8]，无俾斯人专美称[9]。

蒲道源(1260—1336)，元代散曲家，诗人，字得之，号顺斋，世居眉州青城(今四川青城)，后徙兴元(今陕西汉中)。官为国史院编修，国子博士，后召陕西儒学提举不就。著有《闲居丛稿》。

【注释】

①龙严上人:生平不详。

②韩云指韩愈《送高闲上人序》:“今闲师浮屠氏，一死生，解外胶。……然吾闻浮屠人善幻，多技能，闲如通其术，则吾不能知矣。”浮屠即佛，本作“佛陀”。泛指僧人。《后汉书·王英传》:“晚节更喜黄老，学为浮屠斋戒祭祀。”《注》:“浮屠，佛也，西域天竺国有佛道焉。佛者，汉言觉也，将以觉悟群生也。”

③高闲:唐代高僧。乌程(今浙江湖州)人。湖南开元寺僧。精书法、尤善草书,为唐五书僧之一。《书小史》云:“高闲善草书,师怀素,深穷体势。”《石林避暑录》称:“高闲书神采超逸,自为一家,盖得韩退之(愈)序,故其名益重尔。”唐宣宗时,诏赐紫袍。

④涣然:《老子》曰“涣兮若冰之将释”。晋杜预《春秋左传序》:“若江海之浸,膏泽之润,焕然冰释,怡然理顺,然后为得也。”

⑤铁为门限:即铁门限,见前注。

⑥雪庵:《中国人名大辞典》:“僧,大同李氏子。字元晖,号雪庵。特封昭文馆大学士,赐号玄悟大师。为诗冲淡粹美,善行草书。”

⑦都城:指元大都北京城。颜扁:指为庭堂或门楣上题写匾额。宋陆游《婺州稽古阁记》:“至嘉泰元年,……乃即讲堂后得旧直舍地以为阁,而请于今参知政事许公大书其颜。”

⑧三昧:见前注。

⑨俾:使。《书·大禹谟》:“俾予从欲以治。”

题王羲之《凤墅续帖》[1]

蒲道源

吴山佳处梵王宫[2]，楼阁峥嵘出断峰。
不见子云当日字[3]，暝烟残照但闻钟[4]。

【注释】

①《凤墅续帖》:李光德《中华书学大辞典》记曰:"《凤墅帖》正帖二十卷，续帖二十卷，附刻四卷。南宋庐陵(今江西吉安)曾宏父刻宋人书。经始于宋嘉熙(1237—1240)，竣工于淳祐(1241—1252)，费时七载乃成。刻石置于家塾凤山书院，因名《凤墅帖》，总为四十四卷，为汇帖中钜观。《正帖》至《续帖》卷十六，俱以真迹入石，《续帖》卷十七以后取别本摹刻。……但是帖散佚既久，拓本流传甚少，惟上海图书馆藏有残帙十二卷。……在清代并无任何流传记载，曾为张伯英所藏。卷首均题，'《凤墅法帖》卷第几'或'《凤墅续帖》卷第几'篆额，额下有〈东都相帖〉〈南渡相帖〉〈文艺帖〉等楷书标题。卷末均有曾宏父跋及鼎形'凤山'与'清江开国'章。是帖集中南、北宋之著名人物墨迹，兼以刻工精细，故殊为世人珍视。"清姚衡、姚晏、钱大昕撰有《凤墅残帖释文》十卷。

②吴山:当指浙江杭州市西湖东南。梵王:即大梵天王，佛教设想一切世界为欲界，色界，无色界三界。大梵天是第二色界诸天的第三天，其王称大梵天王。也称"梵天王""大梵王"。

③子云:即扬雄。

④暝烟:傍晚之雾。

题蔡端明苏东坡墨迹后[1]

虞　集

“天际乌云含雨重，楼前红日照山明。嵩阳居士今何在？青眼看人万里情[2]。”此蔡君谟梦中诗也。仆在钱塘，一日谒陈述古[3]，邀余饮堂前小阁中。壁上小书一绝，君谟真迹也：“绰约新娇生眼底[4]，侵寻旧事上眉尖[5]。问君别后愁多少？得似春潮夜夜添。”又有人和云：“长垂玉筋残妆脸[6]，肯为金钗露指尖。万斛闲愁何日尽，一分真态更谁添！”二诗皆可观，后诗不知谁作也。杭州营籍周韶多蓄奇茗[7]，常与君谟斗胜之。韶又知作诗。子容过杭[8]，述古饮之，韶泣求落籍。子容曰：“可作一绝。”韶援笔立成曰：“陇上巢空岁月惊，忍看回首自梳翎。开笼若放雪衣女，长念观音般若经[9]。”韶时有服衣白，一坐嗟叹。遂落籍[10]。同辈皆有诗送之，二人者最善。胡楚云[11]：“淡妆轻素鹤翎红，移入朱栏便不同[12]。应笑西园旧桃李[13]，强匀颜色待东风。”龙靓云：“桃花流水本无尘，一落人间几度春。解佩暂酬交甫意[14]，濯缨还见武陵人。[15]”故知杭人多慧也。

只今谁是钱塘守[16]，颇解湖中宿画船。
晓起斗茶龙井上[17]，花开陌上载婵娟。

老却眉山长帽翁，茶烟轻扬鬓丝风。
锦囊旧赐龙团在[18]，谁为分泉落月中。

三生石上旧精魂[19]，邂逅相逢莫重论。

纵有绣囊留别恨，已无明镜著滴痕。

能言学得妙莲华[20]，赢得春风对客夸。
乞食衲衣浑未老，为题云塔向金沙[21]。

丹丘柯敬仲多蓄魏晋法书[22]。至宋人书殆百十函，随以与人，弗留也。他日独见此轴在几格间，甚怪之。乃取观，则吾坡翁书君谟梦中诗及守居阁中旧也。第三诗以为不知何人作，其轩辕弥明之流！与陈太守放营妓三诗，亦辱翁翰墨流传至今，亦有缘耶！卷后多佳纸，敬仲求集作诗识其后，赋此四首。是日试郭屺墨，但目疾转深，不复能作字。又知年岁后，虽若此者，亦尚能作否，临楮慨然！至顺辛未二月望日，蜀人虞集书。

虞集(1272—1348)，字伯生，崇仁(今属江西)人。从学于吴澄，官至奎章阁侍书学士。世称邵庵先生。集学问博治，究极本原，以书名世。草、正、行、篆书各有法度，古隶为当时第一。著有《道园学古录》。

【注释】

①蔡端明：即蔡襄，官至端明殿学士故称。苏东坡墨迹指世称苏东坡《天际乌云帖》。明汪珂玉《珊瑚网·古今法书题跋·卷四》称："苏文忠公天际乌云卷在白粉笺上·中行草书……"苏帖从"天际乌云"始至"杭人多慧也"也，为东坡墨迹，"只今谁是钱塘守"至"蜀人虞集书"为虞集墨迹。成都古籍书店有据《嘉庆甲子暮春宝苏堂重加面叶翁方纲题签·苏文忠公天际乌云帖真本》影印的和《昆城赋墨迹》合册。

②青眼：见前注。

③陈述古：陈襄(1017—1080)，福州侯官(今福建福州)人。庆历进士，官

判尚书都省。学者称古灵先生。著有《古灵集》等。在神宗时，曾举荐司马光、韩维、苏轼等三十三人。

④绰约：柔美貌。《文选·汉·傅毅·舞赋》："绰约闲靡，机迅体轻。"

⑤侵寻：渐进、浸润。谓范围逐渐扩大。《史记·武帝纪》："是岁，天子始巡郡县，侵寻于泰山矣。"《索隐》："侵寻即浸淫也……小颜（师古）云：'浸淫，渐染之义。'"

⑥玉筯：喻眼泪。李白《闺情》诗："玉筯夜垂流，双双落朱颜。"

⑦营籍：即军营中的妓女。周韶：当是杭州营中妓女。奇茗：即好茶。茗，茶的通称，如香茗，品茗。陆羽《茶经·一之源》："一曰茶，二曰槚，三曰蔎，四曰茗，五曰荈。"

⑧子容：苏颂（1020—1101）。泉州同安（今福建同安）人。见前注。

⑨观音般若经：即《般若波罗蜜多心经》。

⑩落籍：指妓女从良。宋朱熹《按唐仲友第三状》："仲友又悦营妓严蕊，欲携以归，遂令伪称年老，与之落籍。"

⑪胡楚：依诗文中是周韶之同辈，与下诗龙靓当都是营妓。

⑫朱栏：红色的栏杆。

⑬西园：汉上林苑的别称。

⑭汉刘向《列仙传·江妃二女》："江妃二女者，不知何许人也，出游于江汉之湄，逢郑交甫。见而悦之，不知其神人也，谓其仆曰：'我欲下请其佩。'……遂手解佩与交甫。"也作"解珮"。唐白居易诗有："解佩收朝带，抽簪挽野巾。"

⑮濯缨：洗涤冠缨。喻超脱尘俗，操守高洁。《孟子·离娄·上》："沧浪之水清兮，可以濯我缨。"武陵人：晋陶渊明《桃花源记》，称晋太元中武陵郡渔人入桃花源，所见洞中居民及生活情景，俨然又一世界。故桃花源又称武陵源。唐韩愈《桃源图》诗："世俗谁知伪与真，至今传者武陵人。"后泛指在清静幽美之所，避世隐居之人。

⑯钱塘守：《苏文忠公天际乌云帖真本》影印合册有自注："白乐天，蔡君谟，陈述古，苏子瞻皆杭守也。"钱塘，今浙江杭州市。

⑰龙井：即茶名，产于浙江龙井，名龙井茶。

⑱龙团：宋代贡茶名。真宗咸平中，丁谓为福建漕，监御茶，进龙凤团。

仁宗庆历中，蔡襄知建州，别择茶之精者为小龙团十斤以献，斤为十饼，龙团凤饼遂名冠天下。宋苏轼《大龙团报垂云新茶》："拣芽分雀舌，赐茗出龙园。"

⑲三生石：唐袁郊《甘泽谣·圆观》："李源与圆泽为忘年交，自荆州上峡见妇人锦裆负罂而汲。圆泽曰：'是其托身之所，更后十二年杭州天竺寺外与君相见。'是夕，圆泽亡。后十二年，源诣余杭赴其所约，有牧童歌竹枝词，乃圆泽也。歌曰：三生石上旧精魂，当月吟风不要论。惭愧情人远相访，此身谁异性常存。"

⑳妙莲华：指《妙法莲花经》。

㉑云塔：指高塔。金沙：泉名。《元史·世祖纪七》："赐湖州长兴县金沙泉名为瑞应泉。金沙泉不常出，唐时用此水造紫笋茶进贡。"

㉒柯敬仲：柯九思(1290—1343)，字敬仲，号丹丘生。台州仙居(今属浙江)人。官奎章阁鉴书博士，鉴定文宗所藏书画。能诗文，擅书法，精画墨竹，师法文同一派，间作山水。画迹有《清閟阁墨竹图》《竹谱》等，著有《丹丘生集》。同虞集交往甚厚。

题东坡帖

虞　集

东坡先生书少陵翁《负薪行》[①],笔力与辞气同一高古。忆在江上闻舟人竹枝一首[②],漫识于此。

鱼复浦前春水生[③]，负薪渡江初月明。
凭郎莫下巫峡云，楚王宫殿在专城[④]。

【注释】

①《负薪行》:唐杜甫诗。苏轼书帖未见著录。

②竹枝:乐府名。为唐刘禹锡于贞元中在沅湘所创新词。形式为七言绝句。

③鱼复浦:《方舆胜览》:“四川夔州路有鱼复浦,汉之鱼复县基即奉节县。”杜甫诗有:“暂留鱼复浦,同过楚王台。”

④楚王:指楚襄王,见上注杜甫诗句。专城:指主宰一城的州牧、太守等地方长官。

玉隆宫所藏宋乾道宸翰“云壑”二字[①]

虞　集

昔者云归壑，天章自九重[②]。

日华常映凤[③]，山气尽成龙。

俯仰遗陈迹，高深俨德容。

飘然化春雨，结想在高松[④]。

【注释】

①玉隆宫:宋时宫殿名。乾道宸翰:乾道,南宋孝宗赵昚年号。指赵昚书法。

②天章:喻帝王之诗文辞章。南朝陈徐陵《徐孝穆集·丹阳上庸路碑》:“御纸风飞,天章海溢。”

③日华:太阳的光华。谢朓《和徐都曹诗》:“日华川上动,风光草际浮。”

④结想:终想。李商隐《为白从事上陈李尚书启》:“莲幕含诚,金台结想。”

题谢叠山遗墨[①]

杨　载

荆南失守见亡形[②]，太岁徒闻忌丙丁[③]。
羸老扣心天藐藐[④]，鬼神号哭夜冥冥。
忠臣效死招乌合，烈妇捐生报雉经[⑤]。
辞气凛然遗墨在，再三寻绎泪双零[⑥]。

杨载(1271—1323)，字仲宏，浦城(今属福建)人，后徙杭州。官至宁国路总管府推官。载博涉群书，诗赋有法，著有《仲宏集》。

【注释】

①谢叠山(1226—1289)：名枋得，字君直，号叠山。江西弋阳周潭乡人。与文天祥同科进士。与文并称“二山”。一生志节高尚，贫贱不移。为学博广，著作等身。后人编辑有《谢叠山文集》等。

②荆南：荆南又称南平、北楚。高季兴所建。为五代十国时期十国之一。都城为荆州。辖荆、归(湖北秭归)、峡(湖北宜昌)三州。

③丙丁：《吕氏春秋·孟夏纪》：“某日丙丁。”《注》：“丙丁，火日也。”后以丙丁代称火。

④扣心：捶胸。《论衡·艺增》：“使今之民业，遭大旱之灾，贫羸无蓄积，扣心思雨。”

⑤捐生：指舍弃生命。晋潘岳《寡妇赋》：“感三良之殉秦兮，甘捐生而自引。”唐刘知几《史通·因习》：“夫王室将崩，霸图云构，必有忠臣义士，捐生殉节。”雉经：自缢。《国语·晋二》：“申生乃雉经于新城之庙。”即以绳自缢。

⑥寻绎：推求、探究。

奉观徐尊府遗墨[①]

范　梈

奉常许君玉色立[②]，手抱父书红锦袭。
纷茫蜀令九霄神，抉摘郢州千首湿[③]。
钟张虽云世已远[④]，任赵未可肩相及[⑤]。
叶满天地雨声急[⑥]，我纵览之重于邑。
却忆风雷昨夜颠，万壑起尽蛟龙蛰。
不然尺素寻常耳，何日萧萧百灵集。
草堂惊怪不敢留，至宝岂复能轻酬。
还君子孙世善收，扁舟归弄江湖秋[⑦]。

范梈(1272—1330)，字亨父，一字德机，清江(今湖北西南)人。耽诗工文，用力精深。官至海南海北道廉访司照磨经历。与虞集、杨载、揭傒斯被誉为“元诗四大家”。著有《德机诗》七卷。

【注释】

①徐尊府：生平不详。

②奉常：官名，为九卿之一，秦置。玉色：坚定之色。《礼·玉藻》：“立客，……盛气颠实扬休，玉色。”《疏》：“军尚严肃，故色不变动，常使如玉也。”后因以喻操行优异。

③抉摘：选取，挑剔。唐陆龟蒙《甫里集·甫里先生传》：“探六籍，识大义，就中乐春秋，抉摘微旨。”郢州：州名，今湖北钟祥。

④钟张：钟繇、张芝。

⑤任赵:任询,赵孟频。任询(生卒年不详),金易州军市(今河北易县)人。字君谟,号南麓先生。金海陵王正隆二年进士,历益都都勾判官,以北京监使致仕。家藏名书法书数百轴。元《墨池渊海》:"任南麓字流利遒劲,不让二王。"人称当时第一。评者或以为画高于书,书高于诗,诗高于文。

⑥此句并以下三句:比喻对徐尊府墨迹的艺术感受。

⑦扁舟:小船。《史记·货殖传》:"范蠡既雪会稽之耻,……乃叶扁舟浮于江湖。"宋苏东坡《前赤壁赋》:"驾一叶之扁舟,举匏樽以相属。"

题姑苏陆友仁所藏卫青印[1]

揭傒斯

白玉蟠螭小篆文[2]，姓名识得卫将军。

卫将军，今何在，白草茫茫古时塞。

将军功业汉山河，江南陆郎古意多。

揭傒斯(1274—1344)，字曼硕，龙兴富州(江西丰城)人。延祐初，程钜夫等荐于仁宗，授翰林国史院编修官，历任集贤学士，又升侍讲学士，参与修辽、金、宋三史，任总裁官。善诗文，工楷、行、草书。时为"儒林四杰"之一。著有《揭文安公集》。传世书迹有《千字文》《杂书卷》等。明陶宗仪《书史会要》："揭傒斯正、行书师晋人，苍古有力。"

【注释】

①姑苏：今江苏苏州。陆友仁：(生卒年不详)，名友，吴县(今江苏苏州)人。《中国人名大辞典》："一字辅之。父以市布为业。友独攻苦于学，博极群物，工汉隶八分，尤长五言诗。虞集、柯九思荐之，未及用归。自号研北生。有研史、墨史、印史、杞菊轩稿、研北杂志。"卫青：西汉将(？—前106)。字仲卿，河东平阳(今山西临汾)人。卫皇后弟，为汉武帝器重，任大将军，封长平侯。他前后七次出击匈奴，战功卓著。《史记》称其："为人仁善退让，以和柔自媚于上，然天下未有称也。"卫青印：卫青的印信。

②蟠螭：盘曲的龙。指印信上的饰雕。

三月十日观南安赵使君所藏书画古器物[1]

柳　贯

三月浃旬新雨余[2]，市河一舸如浮苴[3]。
言寻佳客赵横浦，步入城隅门巷纡[4]。
褰帘迎揖坐便坐[5]，深灶炉熏呼茗盂[6]。
砚屏方截紫绮段[7]，楚瑶秀列珊瑚珠[8]。
是家素号虹月舫，载画盈篚书盈车[9]。
客逢好事要审鉴，便肯解褚倾囊储。
相看贵德亦贵物，古玉错落排筵敷。
鹿卢带钩环佩玦[10]，鞞琫昔将承属镂[11]。
佩章六纽四官印[12]，篆画刻深铜质粗。
配之冲牙奉君子[13]，贯以系璲联金鱼[14]。
连钱骢马琢文玉[15]，圉人立侧垂裙裾[16]。
神工定复烦剞劂[17]，赤刀故想来锟铻[18]。
次陈鼎器论制作，商周秦汉焉可诬。
玄武实水卣实醴，腹背翠错提梁朱[19]。
最奇剑槊尺有咫，绿玉龟鳞纯体肤。
精铜岁久刚性在，间阅燥湿其无渝[20]。
铨量画品差甲乙[21]，锦褾玉轴随伸舒。
庭光古佛出梵相，满月在水莲生趺。
卢前吴后笔锋劲，履豨承蜩玄化俱[22]。

瑶池仙会上中卷，细巧自是吴元瑜[23]。
云霞楼观递隐见，花竹羽毛工染濡。
绛旌飘转紫箫发，步辇导从千琼姝。
终篇八骏惜既阙[24]，诗亡可补此置诸。
意夫鬼物掩疵吝，免彼耄荒留叹吁[25]。
徐熙葩叶妙设色[26]，尘昏蠹蚀犹鲜腴。
古绡一段写秋意，芙蓉鸂鶒连茭芦[27]。
梦载鸱夷浮浩渺[28]，此兴初不缘莼鲈[29]。
七客张萱为谁作[30]，浓墨大笔色不枯。
五人人跨一善马，一跨乌犍一蹇驴。
印窠惨澹悦生字[31]，岂曾籍入官中帑[32]。
穰穰画苑姑拨弃[33]，伸眉更请评法书。
二王真迹胡可得，硬黄数幅真唐摹[34]。
兰亭五字损不损[35]，肥本瘦本斑斑殊。
如人身口耳目具，神采乃在颊上须。
虎贲举樽虽甚似[36]，优孟抵掌何其疏[37]。
世间楮墨日弊弊[38]，欲驾跛鳖行天衢[39]。
南唐常侍六书学[40]，凌轹斯邈开榛芜[41]。
杂诗流丽满一卷，铜甬篆法无能踰[42]。
金绳铁纽莽回互[43]，山虬海蜃争腾驱。
嗟予欲读屡钳口，形求意索且须臾[44]。
泰山继起石鼓后，李监捷出张先弧[45]。
向微二徐为启籥[46]，此道湮灭谁昭苏。
真书生行行生草[47]，飞白籀隶同一枢。

张颠草圣入三昧，小楷妙合褚与虞。
《郎官石记》毁已久[48]，百金可有墨本无。
世之珍物岂待赞，题记况复经鲜于[49]。
绮园角夏四神坐[50]，刻字寸许无葩荂[51]。
永平元舅纪功颂，燕然何在拓墨乌[52]。
庢镌野刻百数种，传观一二日已晡。
余欢未尽谋再至，榜人催发吾归欤[53]。
暮投萧寺微雨作，昏灯照影溜鸣渠[54]。
冥怀且复领其要[55]，回向灼观心地初[56]。
百年蓬累大宇宙[57]，荡摇不啻风中旗[58]。
寓意于物形勿著，尤物亦能为我娱。
滞形小足致偷夺，大或控颐伤口珠[59]。
牛李相倾坐石祸[60]，王涯复壁嘻其愚[61]。
吾徒适目取一快，彼豪巧者方睢盱[62]。
唏予嗜古与君并，见猎时然思负嵎[63]。
作诗纪载实覼缕[64]，若遇匠手当刊除。
同观六工梁越产[65]，王杨三子甘陈余。
交游聚散等萍絮，春风眇眇吹江湖。
徵诗如见所见者，后有画者传之图。

柳贯(1270—1342)，字道传，号乌蜀山人，浦江(今属浙江)人。官至翰林侍制。早年随金履祥学理学，广涉六经、百家、兵刑、律历等，诗文为时人所诵。与黄溍、虞集、揭傒斯齐名，人称为“儒林四杰”。著有《柳侍制集》。

【注释】

①南安:今江西大余。使君:官名,汉代以后对州郡长官的尊称。

②浃旬:十天,一旬。汉《卫尉衡方碑》:“受任浃旬,庵离寝疾。”

③浮苴:浮在河面上的草。苴:《说文》:“苴,履中草。”

④纡:屈曲,回旋。

⑤褰帘:撩起帘子。唐白居易诗:“褰帘放巢燕,投食施池鱼。”

⑥茗盂:茶具。

⑦砚屏:置于砚端以障风尘之屏,多以玉石、漆木为之,与立于案头之小挂屏类似。宋赵希鹄《洞天清禄集·研屏辨》:“古无研屏,或铭研,多镌于研之底与侧。自东坡(苏轼)山谷(黄庭坚)始作研屏,既勒铭于研,又刻于屏,以表而出之。”

⑧楚瑶:指美玉。珊瑚珠:用珊瑚制成的珠子,古代天子百官用作冠饰。见《晋书·舆服志》。

⑨篚:竹箱。汉刘向《九叹·怨思》:“淹芳芷于腐井兮,弃鸡骇于筐篚。”

⑩鹿卢:指鹿卢剑,因剑柄端作鹿卢形而名。古时秦王所用之剑,是王权的象征。《玉台新咏·古乐府·日出东南隅行》:“腰间鹿卢剑,可直千万余。”

⑪鞞鞛:鞛作“琫”。佩刀鞘的玉饰物。

⑫六纽:指佩章上所用之提携部分。《淮南子·说林训》:“龟纽之玺,贤者以为佩。”官印,指古时做官之人的印信。也指上至皇帝下至朝臣,中央乃至各级机构所用之印。材质由权力大小、职位高低而定。

⑬冲牙:古代佩饰部件之一种。《礼·玉藻》:“佩玉有冲牙。”《疏》:“凡佩玉必上系于衡,下垂三道,穿以蠙珠,下端前后以垂于璜,中央下端悬以冲牙,动则冲牙前后触璜而为声。所触之玉其形似牙,故曰冲牙。”

⑭系璲:佩玉。璲,瑞玉。《诗·小雅·大东》:“鞙鞙佩璲,不以其长。”金鱼:唐代官员佩饰,三品以上服紫,佩金符,刻鲤鱼形,谓之金鱼。

⑮骢马:青白色的马。连钱:马饰。《世说新语·术解》:“(王济)尝乘一马,著连钱障泥。”文玉:有文彩之玉。

⑯圉人:泛指养马之人。

⑰剞劂：刻刀。《楚辞·汉·庄忌·哀时命》："握剞劂而不用兮，操规矩而无所施。"

⑱锟铻：山名。亦作锟锬。《吴越春秋·夫差内传》："两锬殖䆗。"元徐无祐注："刀名。锟锬山出金，可做刀以切玉。"

⑲玄武句：卣，一种礼器，中型酒尊，一般椭圆形，大腹，敛口，圈足，有盖与提梁。盛行于商代、西周。《说文》作"卤"。玄武指卤上的纹饰，是龟蛇合称。《文选·注》："龟与蛇交曰玄武"。

⑳渝：变更，违背。《诗·郑风·羔裘》："彼其之子，舍命不渝。"

㉑铨量：衡量。《汉书·王莽传》："考量以铨。"《注》："应劭曰：'量，斗斛也。铨，权衡也。'"指鉴定书画。

㉒履狶：屠人周脚踩狶，以检验其肥瘦。宋黄庭坚诗云："庖丁解牛妙世故，监市履狶知民心。"玄化：至德的教化。三国魏曹植《责躬诗》："玄化滂流，荒服来王。"

㉓吴元瑜：《中国人名大辞典·吴元瑜》："宋，开封人。字公品。官武功大夫、合州团练使。善画花鸟人物。山林学崔白。白描纤细，传染鲜润，兼善传神。"

㉔八骏：相传为周穆王的八匹骏马。

㉕耄荒：年老昏瞶。《书·吕刑》："惟吕命，王享国百年，耄荒。"

㉖徐熙：南唐画家，见前注。

㉗鸂鶒：水鸟名。形大于鸳鸯，而色多紫，水上偶游，故又谓之紫鸳鸯。

㉘鸱夷：革囊。《战国策·燕》："昔在伍子胥说听乎阖闾，故吴王远迹至于郡。夫差弗是也，赐之鸱夷而浮之江。"

㉙莼鲈：莼菜和鲈鱼，产于江浙，晋张翰在都，见鲈莼而起乡思，因辞官归。

㉚张萱：生卒年不详，唐代著名画家。京兆（陕西西安）人。开元时，官史馆画直，以擅画贵妇人、贵公子等名冠于时，尤注重描绘妇女家常之事，如听琴、烹茶等。曾作《长门怨词》《望月》等图，绘宫妇女深居幽怨。存世作品有《唐后行从图》等。

㉛印窠：本指印盒、印囊。宋梅尧臣诗有："赤帻驱亭长，丹砂挈印窠。"此

当指画上之印。又刻印时，为使其匀整，先作界格日擘窠，亦称印窠。

㉜帑：库藏之金帛，此指国库。《汉书·王莽传》："诸宝物品、帑藏、钱谷官，皆宦者领之。"

㉝穰穰：丰盛，众多。《诗·周颂·烈祖》："自天降康，丰年穰穰。" 弃：抛弃，丢开。宋苏东坡《答孔周翰求书与诗》："拔弃万事不复谈，百觚之后那辞酒。"

㉞硬黄：纸名。以黄檗和蜡涂染而成，质坚韧而莹澈透明，便于法帖墨迹的响拓双钩。其纸色黄且利于久藏，故多用来抄写佛经。宋赵希鹄《洞天清禄集·古翰墨真迹辨》记云："硬黄纸，唐人用以书经，染以黄檗，取其辟蠹，以其纸加浆，泽莹而滑，故善书者多取以作字。"宋苏轼《次韵秦观秀才见赠》诗："新诗说书万物情，硬黄小字临《黄庭》。"

㉟定武《兰亭序》历代重刻本极多，宋拓本在明代时已极可贵，而宋刻本中，以"湍、带、右、流、天"五字未损者最珍贵。元郑杓、刘有定《衍极并注》：其长子绍彭，又摹刻本于郡，易旧中山本以归长安，镵损"湍""流""带""右""天"五字，以掩其迹。赵孟頫《兰亭十三跋》："大凡石刻虽一石，而墨本辄不同，盖纸有厚薄粗细燥湿，墨有浓淡，用墨有轻重，而刻之肥瘦明暗随之，故兰亭难辨，然真知书法者，一见便当了然，政不在肥瘦明暗之间也。"

㊱虎贲：言如猛虎之奔走，喻其勇猛。《周礼·夏官》："有虎贲氏，掌王出入仪卫之事。"后泛指勇士。

㊲优孟：春秋楚国的艺人。相传楚相孙叔敖死后，他的儿子贫困无依，优孟就穿孙叔敖的衣冠，在楚庄王面前装扮孙叔敖的样子，抵掌谈语，庄王很感动，叔敖子遂得封。

㊳楮墨：纸和墨，泛指文字和书画。明杨士奇《东里文集·题诚斋杨公易传稿后》："此小畜、同人、大有三卦……至今二百余年，楮墨如新，诚可宝也。"弊弊：辛苦疲惫貌。

㊴跛鳖：《荀子·修身》："故跬步不休，跛鳖千里。"喻勤可补拙。天衢：天路，衢，四通八达的大路，比喻通顺之地。

㊵南唐常侍：指五代南唐文字学家徐铉、徐锴二兄弟。见前注。六书学：徐铉曾受诏于王惟恭等校订《说文解字》，以正天下字学；徐锴曾篆千字文刻石，著有《说文解字系传》，已注意到形声相生、意义相转之理。

㊶凌轹：欺压，干犯。《管子·宙合》："以琅汤凌轹人，人之败也常自此。"此当指二徐对古文字的考证研究。斯邈：斯指李斯，邈即程邈，字元岑，秦下邽（今陕西渭南）人，相传为隶书的创始者。唐张怀瓘《书断·隶书》："……始为衙县狱吏，得罪始皇，幽系云阳狱中，覃思十年，益大、小篆方圆而为隶书三千字，奏之始皇，善之，用为御史。以奏事繁多，篆字难成，乃用隶字，以为隶人佐书，故曰隶书。"榛芜：喻微贱、荒废。

㊷铜甬：《佩文韵府·集古录》："汉谷口铜甬铭，其铭云：谷口铜甬铭，始元四年左冯翊造。"又"得谷口铜甬铭，乃甘露中造，由是，始有前汉时字。"甬，钟柄。

㊸金绳：指用黄金或其他金属制的绳。用指重要之时对器物的连接。

㊹形求意索：指对古文字的考释方法，徐锴著《说文解字系传》中已注意到形声相生、意义相转之理。

㊺李监：指李阳冰。张先：北宋著名词人，与梅、欧、苏等游。

㊻二徐：徐铉、徐锴。启钥：即钥匙。《书》："乃卜三龟一习吉，启钥见书乃并是吉。"唐储光义《题应圣观诗》："登门骇天书，启钥问仙诀。"

㊼真书生行句：指习书而言尚可，就书法的书体发展沿革不妥。

㊽《郎官石记》：张旭书，陈九言撰文，旧在陕西西安碑林，久佚。欧阳修《集古录》："旭以草书知名，而《郎官石记》真楷可爱。"苏东坡曾评其书"作字简远，如晋宋间人"。黄庭坚曾论此："唐人正书，无能出其右者。"

㊾鲜于：鲜于枢。

㊿四神：古代四神。即青龙、白虎、朱雀、玄武。

51葩荂：华丽。

52永平：商时为孤竹国，战国时属燕，元改为永平路，今河北卢龙一带。元舅纪功颂，指《封燕然山铭》。碑在（今蒙古境内的杭爱山）燕然山。班固撰写的铭文。2017年7月27日至8月1日，中国和蒙古国专家合作实地勘察了此摩崖石刻。《文选·汉·班固（孟坚）》："有汉元舅曰车骑将军窦宪。"宪为东汉和帝舅，窦太后长兄。《诗·大雅·崧高》："王之元舅，文武是宪。"

53榜人：船工。《文选·三国魏·曹植（子建）·朔风诗》："谁忘泛舟，愧无榜人。"

㊾溜鸣渠：雨水流淌的声响。溜，水流。

㊿冥怀：沉思。

56灼观：明白透彻地见到。

57蓬累：无主貌。《史记·老子传》："且君子得其时则驾，不得其时则蓬累而行。"宋宋祁《早济江步》诗："薄宦真蓬累，归期问蒿砧。"

58旗：指绘有鸟隼图像的旗子。《诗·墉风·于旄》："孑孑干旗，在浚之都。"

59控颐：控，打，《庄子·外物》："儒以金椎控其颐。"

60牛李：牛李党争，唐时穆宗至宣宗年间，以牛僧孺、李宗闵为首和李德裕为首的朋党间的斗争。

61王涯复壁：王涯（？—835），字广津，太原（属山西）人。官至中书侍郎、同平章事。历任德、顺、宁、穆、敬、文宗六朝，与牛李之争同期，《新唐书》称其"博学，工属文"，晚年"嗜权固位"，故称"复壁"。复壁，夹墙，即两重而中空的墙。

62睢盱：喜悦貌。《易·豫》："六三，盱豫悔。"唐孔颖达《疏》："盱调睢盱。睢盱者，喜悦之貌。"

63负嵎：《孟子·尽心下》："有众逐虎，虎负嵎，莫之敢撄。"嵎，山曲；负，背倚。负嵎则只当一面，三面无虑。指据险以抗。

64覼缕：原委。唐柳宗元《寄许京兆孟容书》："虽欲秉笔覼缕，……不能成章。"

65六工：古时称六种工匠。《礼记·曲礼下》："天子之六工曰：土工、金工、石工、木工、兽工、草工，典制六材。"梁越：古地名，指梁州、越国。

题紫微老人大字歌[1]

欧阳玄

紫微老人射生手[2]，挽强竟取黄金斗[3]。
骠骑营中拜骁勇，凤凰池上称耆旧[4]。
时平腕力无所施，筋骨犹能学颜柳。
纵横戎略结构体，杀活兵机屈伸肘。
山庄刘氏得最多，当日襜褕驻应久[5]。
高楼大扁曰明远[6]，况又爱山并尚友。
我来后公五十年，主人酌我楼中酒。
平田野水凫雁集，重冈复岭蛟龙走。
登高欲赋乏佳兴，忽睹台躔照窗牖[7]。
家藏有此希世珍，取酒当为主人寿。
想当洗砚搊笔时[8]，羽箑生风剑龙吼[9]。
焉知今人正传玩，名与麒麟同不朽。
峤南鼪鼯十五秋[10]，老将如今安得有。
鄂公九原如可作[11]，养寿清商为公奏[12]。

欧阳玄（1283—1357），字原功，号圭斋，浏阳（湖南浏阳）人。延祐进士，官至翰林学士承旨。元惠帝时修宋、辽、金三史，任总裁官。著有《圭斋集》。

【注释】

①紫微老人:史弼(1233—1318),元将。一名塔剌浑,字君佐,蠡州博野(河北蠡县)人。累官迁至平章政事,封鄂国公。《元史》称其“长通国语,臂力绝人,能挽强弓”。

②射生手:射取生物,指精于骑射的武士。唐肃宗至德二年择善骑射的人,成立衙前射生手千人,也叫供奉射生官、殿前射生手,分左、右厢,总号左右英武军。

③黄金斗:斗力。古时用斗石作为重量单位以计算挽弓的力量,此以黄金为量喻紫微老人挽弓力量之大。

④凤凰池:亦称凤池、禁苑中池沼。魏晋南北朝设中书省于禁苑,掌管机要,接近皇帝,故称中书省为凤凰池。权重在尚书上。紫微老人官至翰林学士承旨,故称之。

⑤襜褕:短衣,非正朝服。

⑥扁:即“匾”。

⑦台躔:指月光。躔,用以标志日月星辰在天台运行的度数。古人把周天分为三百六十度,割为若干区域,是辨别日月星辰的方法。

⑧韬笔:藏笔。《文选》晋陆士衡(机)《汉高祖功臣颂》:“彭越观时,韬迹匿光。”

⑨羽箑:羽扇。

⑩峤南:即岭南。鼪鼯:鼪,即黄鼬,黄鼠狼。鼯鼠,亦称“大飞鼠”。

⑪鄂公:紫微老人受封鄂国公。九原:九州之土。

⑫清商:古五音之一,商声。

书赵集贤诗翰后[1]

宋　无

九天宫阙郁嵯峨[2]，公昔骑龙上大罗[3]。
文在玉堂多焕烂[4]，泪经铜狄一滂沱[5]。
原陵禾黍悲丰镐[6]，人物风流继永和[7]。
今日吴笺拜遗墨[8]，只堪哀怨不堪歌。

宋无(1260—1340),字子虚,苏州(今属江苏)人。工诗,善画梅。年八十一岁,举茂才,以亲老不就。著有《翠寒集》等。

【注释】

①赵集贤:赵孟頫。

②嵯峨:山高峻貌。

③大罗:即大罗天,道家诸天之名。唐段成式谓道家列三界诸天数,与释氏同,但名异。三界外曰四人境,为常融、玉隆、梵度、贾奕四天;四人天外曰三清,即大赤、禹余、清微;三清上曰大罗。

④玉堂:对宫殿的美称。

⑤铜狄:即"铜人"。宋陆游《斋中杂兴十首之七》:"何当五百岁,相与摩铜狄。"滂沱:指流泪或流血之多。此谓历经磨难。

⑥丰镐:丰,古地名。在今陕西户县东。本商崇侯虎邑。文王灭崇作丰邑。镐,镐京,古地名。在今陕西西安西南,沣水东岸。周武王既灭商,自丰徙都于此,谓之宗周,又称西都。

⑦永和:指王羲之。《兰亭序》帖中有"永和九,年岁在癸丑……"句。

⑧吴笺:此指书法用纸(吴地所产的笺纸)。

题子固所藏鲜于墨迹[1]

贡师泰

一自昭陵藏墨本[2]，书名谁复更超群。
忽传河朔专行草[3]，不让吴兴变隶分。
黄鹄夜深随落月，白鹅秋冷化孤云。
风流赖有张公子[4]，雪茧封题比右军[5]。

贡师泰(1298—1362),字泰甫,宣城(安徽宣城)人。国子学生出身。累官平江路(今江苏苏州)总管,江浙行省参知政事,官至户部尚书。著有《玩斋集》。

【注释】

①子固:生平不详。鲜于:即鲜于枢。

②指唐太宗李世民随葬王羲之《兰亭序》事。详见前注。

③元赵孟頫《松雪斋集》:“尝与伯机同学草书,伯机通余过甚,极力追之而不能及。伯机已矣,世乃称仆能书,所谓无佛处称尊耳。”河朔:泛指黄河以北的区域。吴兴:指赵孟頫。

④张公子:不详。

⑤雪茧:指宣纸。

题《定武兰亭》

黄镇成

茧纸香随玉匣遗，宝书天上世难知。
狼烽几堕昆明劫[1]，蝉翼犹传《定武碑》[2]。
晓雨苔花侵搨石[3]，秋山柿叶费临池[4]。
东都已往谁能继[5]，神物终烦谨护持。

黄镇成(1287—1362),字元镇,号存存子、紫云山人、学斋先生等。邵武(今福建邵武)人。元代山水田园诗人。著有《秋声集》四卷。

【注释】

①昆明劫:昆池劫灰。昆池,昆明池,今西安附近。劫:佛教用语,佛教认为天地自形成到毁灭为一劫。

②蝉翼:指薄且佳的书画用纸。

③搨石:此谓拓碑。

④柿叶:即“柿叶书”。

⑤东都:指历代王朝在其统治境内东部的都城,此指洛阳,汉班固有《东都赋》。

古书行赠吴孟思[1]

郑元祐

仓颉四目通神明，制字以来几变更。
籀创大篆岂柱史[2]。石鼓有刻非无征。
骊珠煌煌几千颗，照烛万世开章程。
周平东迁帝纽解，甄丰继出加研精[3]。
秦斯学荀儒运阨[4]，独负小篆超焚坑。
戈森剑列出华玉，百世是宝堪依凭。
次仲忽挟八分起[5]，喜动吕政消威棱[6]。
一朝槛车化鹤去，传闻无乃非人情[7]。
政方鞭戮海宇日，程邈继仲尤知名[8]。
六国灭姬旋自灭[9]，人如乱麻死长城[10]。
神工异画先后出，隶法变篆由邈兴。
十年覃思非不苦，习趋简便令人轻。
堂堂逵门许叔重[11]，愤悱缺讹复著经[12]。
三才万物总搜讨，一掣屋蔀瞻繁星[13]。
慎于六义功不细，朽骨逮今余德馨。
汉章变草本伯度[14]，波磔与隶犹相仍。
俗书姿媚相扇告，韩论匪激毋深惊[15]。
千年阳冰绍斯迹，有茂其实蜚英声。
圭璧煌煌照衰世，白马记与庶子铭[16]。

两徐识解更卓特[17]，著书翼慎言庚庚[18]。
张侯豹姿编复古[19]，金薤琳琅垂九清[20]。
皇元笃生赵文敏[21]，扫世穅秕开群盲。
龙翔凤翥彩云晚，夹以日驭扬双旌。
自公骑箕上天去[22]，众论悉与濮阳生。
生名吴睿孟思字，篆隶可宝如璜珩。
周旋向背尽规矩，分布上下纷纵横。
囊锥画沙泯芒角，宝树出网含光晶。
研裂云根剑就淬[23]，射穿杨叶弓开枰[24]。
刊题班班满山石，姓名往往闻帝京。
赠言无如胡汲仲，我乃蚓窍蝇薨薨[25]。
阛阓城中每相见[26]，愧我头白君眼青[27]。
长歌哦成三月暮，妒妇无能空拊膺[28]。

郑元祐(1292—1364)，字明德，钱塘(浙江杭州)人。幼颖悟，书无不读，官至浙江儒学提举。右臂残以左手写楷书，自号“尚左生”。著有《侨吴集》。

【注释】

①吴孟思(1298—1355)：吴睿字，号雪涛散人。杭州人。吾丘衍弟子。少好学，工翰墨，于小篆、古隶尤精。传世书迹有《东山精舍记》。

②籀：指史籀，详注见前。

③翦伯赞《中国史纲要》：“公元前770年，周平王放弃镐京而迁都洛邑。从这年到公元前476年，是中国史上的春秋时代。据《左传》记载，春秋时共有一百四十九国。”甄丰：唐张怀瓘《书断》：“甄丰删定旧文，制为六书，一曰古文，即此也。”

④秦斯：指李斯。荀：荀子（约前313—前238），名况，字卿，战国思想家。游学齐、秦、赵、楚等国，为稷下学士之一，曾三为祭酒。应楚春申君之召，任兰陵（山东苍山）令，著书终老。韩非、李斯皆为其学生。其学源于儒，提出“制天命而用之”的人定胜天思想。与孟子“性善论”相反，认为人性本“恶”，重视后天环境和教育作用。著有《荀子》。

⑤次仲：唐张怀瓘《书断》：“八分·案八分者，秦羽人上谷王次仲所作也。王愔云：‘次仲始以古书方广，少波势。建初中，以隶草作楷法，字方八分，言有模楷。’”

⑥吕政：指秦相吕不韦。

⑦槛车：囚禁犯人或装载猛兽的有栅栏的车。化鹤去：传秦始皇召见，然王次仲辄不见。始皇怒其不至，令槛车送之。次仲在途中化为大鸟，翻然而去。

⑧程邈：见前注。

⑨六国：战国时，楚、齐、燕、韩、赵、魏与秦并称为七国。姬指周朝，周文王为西周奠基者，姬姓名昌，故称姬。

⑩长城：指秦始皇统一六国，以战国时诸侯国原有长城为基础修筑，因地形起临洮，东达辽东，此称万里长城。

⑪许叔重：即许慎，见前注。

⑫著经：指许慎著《说文解字》。

⑬屋蔀：蔀屋，草席盖顶之屋，一般指贫者之居，以指许慎《说文解字》一书的不同凡响。

⑭伯度：唐窦臮、窦蒙《述书赋并注》：“草分章体，肇启伯度。时君重而立名，自我行而作故。掣波循利，创质畜怒。杜操字伯度，京兆人。终后汉齐相。章帝贵其迹，诏上章表，故号章草。”

⑮唐韩愈《石鼓歌》诗中有“羲之俗书趁姿媚，数纸尚可博白鹅”句。

⑯《白马记》：指乐府歌辞名篇。相传三国魏曹植见人乘白马而作。以写从军任侠、许国立功为内容。《庶子铭》：见前注。

⑰两徐：指徐铉、徐锴兄弟，见前注。

⑱庚庚：坚强貌。《史记·孝文纪》：“卜之龟，卦光得大横，占曰：‘大横庚

庚,余为天王,夏启以光。’”《释名·释天》:“庚,犹更,坚强貌也。”

⑲指张怀瓘所著《书议》《书估》《书断》三篇。

⑳金薤琳琅:比喻文字的优美。唐韩愈《调张籍》诗有“平生千万篇,金薤垂琳琅”句。

㉑笃生:谓生而不平凡,犹得天独厚。《诗·大雅·大明》:“长子维行,笃生武王。”赵文敏即赵孟頫。

㉒骑箕:谓人死雅称,或称“骑箕尾”。《庄子·大宗师》:“夫道,传说得之,以相武丁,奄有天下,垂东维,骑箕尾,而比于列星。”

㉓云根:深山高远云起之处。

㉔射穿杨叶:谓吴睿书法功力深厚。《史记·周纪》:楚食由基“去柳叶百步而射之,百发而百中之”。后百步穿杨出此。

㉕蚓窍:传说蚯蚓孔能发声成曲。比喻微不足道的音响。常作为对本人创作才能的谦辞。唐韩愈《石鼎联句》诗:“时于蚯蚓窍,微作苍蝇鸣。”

㉖阖闾:本指春秋末年吴国君,名光。

㉗眼青:青眼,见前注。

㉘妒妇:嫉妒他人的妇人。南朝宋明帝深恨妇人嫉妒,曾处死诸臣妻中的妒妇,又命虞通之著《妒妇记》。拊膺:拍胸。表示哀痛,悲愤。

学　书

杨维桢

歌彻阳春酒半醺，玉尖搦管蘸香云[1]。

新词未上鸳鸯扇，醉墨先污蛱蝶裙[2]。

杨维桢(1296—1370)，字廉夫，号铁崖，亦号铁留子。会稽(今浙江绍兴)人。泰定四年(1327)进士。署天台尹。升江西儒学提举。罢去。“狷直忤物，十年不调”。善诗文名盛一时，号“铁崖体”。工书，行、草不拘成法，矫杰横发，清劲可喜。著有《东维子文集》《铁崖先生古乐府》。

【注释】

①玉尖：指美人手指。

②蛱蝶裙：妇女穿的裙子。蛱蝶，即蝴蝶。

和蔡彦文题虞伯生、张伯雨倡和帖[1]

杨维桢

髯驾已闻攀鼎水[2]，劫灰又见话昆池[3]。
剑藏玉几山中记[4]，笔记玄卿天上碑[5]。
旧谱紫霞吹鹤骨[6]，新章白雪写乌丝[7]。
逃身我未学仙去，何处还丹日月迟。

【注释】

①蔡彦文：生卒年不详。虞伯生，即虞集，张伯雨（1283—1350），即张雨，一字天雨，号贞居子，钱塘（今浙江杭州）人。

②此句当指古代传说黄帝乘龙升天之事。《史记·封禅书》："黄帝采首山铜，铸鼎于荆山下。鼎既成，有龙垂胡髯下迎黄帝。黄帝上骑，群臣后宫从上者七十余人，龙乃上去……"

③劫灰：见前注。

④玉几：可供扶倚的玉饰小案，一般为帝王所用。

⑤玄卿：指仙子。

⑥鹤骨：喻修道者的骨相。

⑦白雪：指高雅的诗句。

篆冢歌

钱惟善

云间善篆，以所书草瘗之细林山中，题曰“篆冢”。爰来征诗，遂赋长句以寄。(云间者，朱芾孟辩也。又见董佐才诗。)

包羲卦画龟龙出，颉诵造书鬼夜泣。
俯观鸟兽蹄迒迹，依类象形文字立。
以迄五代咸东封[①]，改易殊体靡有同。
《周官》保氏教国子[②]，六书大义开群蒙。
太史籀文古少异，小篆从省由秦始。
《仓颉》《爰历》《博学篇》[③]，
三家著述初传世。
秦燔经籍狱讼炽[④]，乃当隶书趋约易。
古文虽绝汉章行[⑤]，尉律学童乃课试[⑥]。
东阁祭酒太岳孙[⑦]，夙尝受业贾氏门。
悯悼俗图昧所向，博采籀古加讨论。
揭示上下明指事，转注假借形声意。
立为一端亥毕终[⑧]，分别部居不杂厕[⑨]。
亘千万古知字源，昭若列星丽躔次。
中兴斯学曰阳冰，入室操戈何背戾。
二徐训释浩江河[⑩]，仲也祛妄言不颇。徐楚金著《祛妄》辨李阳冰误。
吴兴张有尔杰出[⑪]，复古正俗订舛讹。

布衣道士钱道住[12]，玩世端如郭忠恕[13]。
三十六举仅成编[14]，蝉蜕遗踪不知处。
席中如带恶安西，鼓皮离禹良可吁[15]。
汉家去古尚未远，成皋印文犹重摹。
云间苦嗜古，手校科虫辨鱼鲁。
明窗净几风日佳，临摸一扫千番楮。
商彝周鼓真吾师，媢匾沈著沙画锥[16]。
鸾回凤翥龙夭娇，长戈短剑相交驰。
书草日积充栋楣，保爱何啻璧与珪。
细林山中一抔土，缃笈缄縢重闭之。
于乎褉帖藏玉匣，终致温韬举耒臿[17]。
亦恐虹光夜烛天[18]，定有窃开窥笔法。
冢头草，鸣寒蛩，薶文瘗笔[19]同高风。
后三千年见白日，好事应营马鬣封[20]。

钱惟善(？—1369)字思复，钱塘(浙江杭州)人，自号心白道人，应省试题《罗刹江赋》，独引枚乘《七发》证钱塘之曲江即罗刹江，为主司称赏，由是知名，号曲江居士。著有《江月松风集》。

【注释】

①五代：指黄帝、唐、虞、夏、殷五个朝代。

②《周官》保氏：古代职掌教育贵族子弟的官员。

③西晋卫恒《四体书势》："秦始皇帝初兼天下，丞相李斯乃损益之，奏罢不合秦文者。斯作《仓颉篇》，中车府令赵高作《爰历篇》，太史令胡毋敬作《博学篇》，皆取史籀大篆，或颇省改，所谓小篆者。"

④后魏江式《论书表》："于是秦烧经书，涤除旧典，官狱繁多，以趋约易，

始用隶书，古文由此息矣。”

⑤汉章：指章草。

⑥尉律学：汉兴，萧何草律，律令为廷尉所守，称尉律。后魏江式《论书表》：“汉兴，有尉律学，复教以籀书，又习以八体，试之课最，以为尚书史。书或有字不正，辄举劾焉。”

⑦东阁指古时宰相招待宾客之场所。许慎曾为太尉南阁祭酒，师从贾逵，博通经籍，时人谓之“五经无双许叔重”。贾氏即贾逵(30—101)，东汉经学家、天文学家。字景伯，扶风平陵(陕西咸阳)人。多凯悌，多智思，俶傥有大节，弱冠能诵《左传》及《五经》。后以《大夏侯尚书》教授。永平中献出《春秋左氏传解诂》《国语解诂》等。明帝重之，以博物多识为郎，与班固并校秘书，应对左右。和帝时，任侍中，后因老病请求还乡。

⑧亥：十二支的末位，用以记年月。也是十二个时辰的最后一个，即夜九时至十一时，同时还是人出生年生肖属相之一，此引申为最后。

⑨杂厕：混杂。汉王充《论衡·齐世》：“古有无义之人，今有建节之士，善恶杂厕，何世无有。”

⑩二徐：指五代南唐徐铉、徐锴兄弟，见前注。

⑪张有尔：不详。

⑫钱道住：不详。

⑬郭忠恕(？—977)：字恕先，河南洛阳人。兼精文字学、文学，善写篆、隶，尤以“界画”为世推重。《宣和书谱》云：“三百年之唐历五代以还，仅得卫贤以画宫室得名，本朝郭忠恕既出，视卫贤辈其余不足数，如忠恕之高者，岂复斯人之徒欤。”

⑭三十六举：当指唐欧阳询所著《三十六法》。文中详解汉字间架结构，对学习书法有深远影响。

⑮指汉字书写中的假借。“席”字中“巿”为“带”。汉《周公礼殿记》书为“席”；恶字上“亚”为“西”，汉《西狭颂》等碑书为“恶”；鼓字书为带“皮”为“皷”俗写，汉《张景碑》《礼器碑》书此。离字“离”可书为“禹”，“离”同“禹”。汉《曹全碑》等书为“禹”。

⑯孀匾：谓遗留的牌匾，泛指遗留下的书法作品。

⑰温韬：此句谓唐末之乱，昭陵为温韬所发之事。耒臿：古代的一种农具。

⑱指破钟繇墓得笔法一事。唐蔡希综《法书论》："晋太康中，有人于许下破钟公墓，遂获此法，审此而行，用笔之理明矣。"

⑲薶文瘗笔：薶"埋"的本字，埋藏。此指埋藏起来的诗文笔墨。《尔雅·释天》："祭地曰瘗薶。"

⑳马鬣封：坟墓上封土的一种形状。《礼·檀弓》："吾见封之若堂者矣，见若坊者矣……见若斧者矣。从若斧者焉，马鬣封之谓也。"唐白居易诗《哭崔二十四常侍》："貂冠初别九重门，马鬣新封四尺坟。"

金台文庙石鼓[①]

马　臻

猎碣镌功事惘然，摩挲坏石卧寒烟。

昌黎已道文残缺，又较昌黎五百年。

马臻(1254—?),字志道,号虚中,钱塘(今浙江杭州)人。少慕陶成为道士,隐居西湖,士大夫慕与之交。善画花鸟山水。著有《霞外诗集》。

【注释】

①金台:指古燕都北京。为旧时北京十景之一。

东坡书蔡君谟梦中绝句二，放营妓绝句三，虞伯生题四绝于后，真迹藏义兴王子明家，要予次韵凡九首之七[①]

张　雨

青城樵者一衰翁[②]，写罢乌丝满袖风。
消得玉堂金砚匣[③]，至今传入画图中。

张雨(1283—1350)，一名天雨，字伯雨，号句曲外史，道号贞居子。钱塘(今浙江杭州)人。年二十余弃家为道士，往来华阳云石间，从虞集受学，博学多闻，善谈名理，仰慕米南宫为人。诗文、字、画清新流丽，有晋、唐风流。著有《句曲外史》。

【注释】

①题注：请参阅前虞集《题蔡端明苏东坡墨迹后》诗。

②青城樵者：虞集别号。

③金砚匣：指米芾事。《钱氏新志》："米元章有字学。一日于瑶林殿张绢图方广二丈许，设玛瑙砚、李廷珪墨、牙管笔、金砚匣、玉镇纸、水滴召米书之。上出帘观看赐酒、果，乃反击袍袖，落笔如云龙蛇飞动。上大喜，尽以砚匣、镇纸之属赐之。"

题荆公诗后[1]，上有“甓社文房印”，乃吾祖遗书散落者。十余年前，子中弟得之，书来相报，今不能共观，聊书其后

龚　璛

忆子书来说买书，印章惊认劫灰余。
松风小牖秋如梦，淡墨疏行泪满裙。

龚璛（1266—1311），字子敬，原籍高邮（今江苏高邮），徙居平江（今江苏苏州）。善属文，刻意书学，少为宪使，充和靖、学道两书院山长，调宁国路儒学教授，迁上饶主簿，改宜春丞，以江浙儒学副提举致仕。著有《存悔斋稿》。

【注释】

①荆公：宋王安石的尊称。

题张氏所藏《石经》[①]

龚　璛

洛溢河清世之季[②]，钩党诸贤死无避。
桥门冠带此何时，诏与群经正文字。
议郎郎将工隶书[③]，观者缤纷门外车。
似优方册重灰烬，且可镌摹辨鲁鱼。
南台四部存几赜[④]，谁见世间完六籍。
汉儒区区掇拾方[⑤]，到今不是糊涂墨。

【注释】

①《石经》:此指蔡邕所书《熹平石经》的残石。见前详注。

②此句并以下两句:指蔡邕书写《熹平石经》的历史背景。

③议郎句:《汉史·蔡邕传》有录,见前详注。

④南台:指御史台,以在宫阙台西南,故称南台。四部:三国魏荀勖分书四部——甲部六艺小学;乙部诸子兵书术数;丙部史记及其他记载;丁部诗赋图赞。后代稍有改动,此是群书的通称。宋刘敞诗有:“食有万钱膳,架多四部书。”几赜:细微精深。赜,深。

⑤区区:小,少。

题周公益墨迹①

孛术鲁翀

今观公益帖，老气肃锋芒②。

孙氏青毡永③，宜开宝墨堂。

孛术鲁翀(1279—1338)，字子翚，号菊潭，先为隆安人，后徙顺阳。生于元世祖至元十六年，卒于惠宗至元四年，年六十岁。勤于学。隐居不仕，学行为州里所敬。大德末，因荐授襄阳县教谕。文宗时，以书信拜见王约，王约看后对他的才能非常赞赏，就让他署任郡学正。此后又把他推荐到中书省，提升他任翰林国史院编修官。

【注释】

①周公益：生平不详。

②老气：指益公帖中老练的用笔和自负的气概。唐杜甫《送韦十六评事》诗："子虽躯干小，老气横九州。"

③青毡：指士人故家旧物之代词。喻家传珍贵之物。《晋书·王羲之传》："(王献之)祖卧斋中，而有人入其室，盗物都尽。献之徐曰：'偷儿，青毡我家旧物，可持置之。'群偷惊走。"

题公益答孙鲁斋帖[1]

孛术鲁翀

丞相裁诗答布衣，殷勤辞翰总珠玑。
秋风吹落苍松树，二百年来此道非。

【注释】

①孙鲁斋帖：待考。

题唐模《兰亭》墨迹[1]

鲜于枢

君家禊帖评甲乙，和璧隋珠价相敌。
神龙贞观苦未远，赵葛冯汤总名迹[2]。
主人熊鱼两兼爱，彼短此长俱有得。
三百二十有七字[3]，字字龙蛇怒腾掷。
嗟余到手眼生障，有数存焉岂人力。
吾闻神龙之初，
《黄庭》《乐毅》真迹尚无恙，
此帖犹为时所惜。
况今相去又千载，古帖消磨万无一。
有余不足贵相通，欲抱奇书求博易[4]。

鲜于枢(1246—1302)，字伯机，自书一作伯几，号困学民，亦号寄直老人，虎林隐吏。河北渔阳(今天津蓟州)人，居杭州。官至太常寺典簿。伯机以书名世，与赵孟頫齐名，为元季书坛巨擘。著有《困学斋集》，传世书迹颇多，有《草书千字文》等。

【注释】

①唐模《兰亭》墨迹：指唐冯承素摹《兰亭》。乾隆时，定为“八柱本”第三。今文物出版社影印之《兰亭序》帖后有鲜此题诗。

②赵葛冯汤：指唐时赵模、诸葛真、冯承素、汤普彻。元郑杓、刘有定《衍极并注》：“贞观中，(唐太宗)令赵模、韩道政、冯承素、诸葛真四人钩摹，以赐

皇太子、诸王。令褚遂良检校而董之，又令汤普彻拓赐房玄龄以下八人。普彻窃拓以出，故在外传之。”

③三百句：应为三百二十四字。此泛指。

④博易：指交易、换取。喻通达、修养。

题赵模拓本《兰亭》后[1]

鲜于枢

兰亭化身千百亿，贞观赵模推第一。
百家聚讼谩纷纭，正传宁到山中石[2]。
论书当论气韵神，谁与痴儿较形质。
想当填郭断手初[3]，帝与欧虞皆太息[4]。
昭陵玉匣秘重泉[5]，自此中天无二日。
元章老去不及见[6]，却见苏家评甲乙[7]。
北山居士得何许[8]，购取宁论万金直。
几年僦屋客江海，宝气奎光夜相射。
南来北人多健者，名色连艘金满室。
应嗟我辈太痴绝，常抱蠹书论得失。

【注释】

①赵模拓本《兰亭》：见前注。

②山中石：指《定武兰亭》。

③填郭：指描摹填充。

④欧虞：指欧阳询、虞世南。

⑤昭陵玉匣：指唐太宗将《兰亭序》随葬昭陵一事。

⑥元章：米芾。

⑦宋苏轼《东坡论书》云："《兰亭》《乐毅》《东方先生》帖皆绝妙，虽摹写屡传，犹是昔人用笔意思，比之《遗教经》则有间矣。——题逸少书。"

⑧北山居士：不详。

王大令《保母帖》四首[1]

鲜于枢

撞破烟楼固未然，唐摹晋刻绝相悬。
莫将定武城中石[2]，轻比黄閍墓下砖[3]。

姜侯才气亦人豪[4]，办折区区漫尔劳。
不向骊黄求驵骏[5]，书家自有九方皋[6]。

临摹旧说《范新妇》[7]，古刻今看李意如[8]。
却笑南宫米夫子，一生辛苦学何书。

千年郁郁閟重泉[9]，暂出还随劫火烟。
靳惜乾坤如有意[10]，流传君我岂无缘。

【注释】

①《保母帖》:清王原祁《佩文斋书画谱》:(宋周必大《平园集》):右嘉泰癸亥越人掘地得古碑。乃晋兴宁三年乙丑岁王献之保母李意如圹志也。云:善为文,能草书。王谢奴婢定小异耳。又有小砚,背刻"王献之永和"五字,二者以致行都别镌此本。四朋楼尚书钥摹以相示字画,固妙其辞则有望于八百余年后,守官之人自兴宁距今适八百三十余年。预知如此益当时卜地如郭璞辈固不乏也。五月二十八日记。又明汪砢玉《珊瑚网》:《保母帖》藏于项氏鹅群阁。此碑乃献之为乳母书,手镌于砖上,高尺一寸,阔尺五寸阴,前有小研影,书类兰亭,约二百许字。砖已裂为二片。后有元人题语及数十首。兹仅录二

分所书，见世人极重兰亭，不过欧虞所模，唐工所镌。未若此本大令所自剜，承旨有固应不同之语。玉识。”李光德《中华书学大辞典》记云：《保母砖志》，东晋兴宁(365)刻。或称王献之书。楷书十二行、行十字。南宋嘉泰二年(1202)山阴(今浙江绍兴)农人掘土得之，出土时已断裂为四，归王千里，继断为五块。不久即佚。……宋姜夔确信系王献之真迹，且为大令自刻，为之题书一长跋，称此志有七美，极赞之，因而著名……旧拓本以清内府藏本尤著，其上有赵孟頫、陈从龙、郭天锡、董其昌诸家题跋。……上海徐小圃藏有《宋元名人跋王大令保母志》，但若干志拓失真失神，诚为憾事……”

②《定武》：即王羲之《兰亭定武本》。

③黄閍墓下砖：即《保母帖》。閍：《尔雅·释宫》：“閍谓之门。”郝懿行义疏：“閍。庙门也。”此谓陵墓。

④姜侯句：指宋姜夔尧章。明汪砢玉《珊瑚网》又别本兰亭姜白石题：“兰亭出于唐诸名手所临，固应不同。然其下笔，皆有畦町可寻。惟定武本，锋藏画劲。笔锋巧妙处，终身效之，而不能得其仿佛。世谓此本乃欧阳率更所临。予谓不然，欧书寒峭一律，岂能如此八面变化也。此本是真迹上摹出无疑。学右军者，至兰亭止矣。”

⑤骊黄：黑中带黄的马。骊，黑马。驵骏：骏马，马健壮貌。南朝宋颜延年《赭白马赋》：“于时驵骏，充阶街兮。”

⑥九方皋：春秋时善相马的人，为伯乐所称道。此指精通书法的方家。

⑦《范新妇》：王献之书，见前注。

⑧李意如：见前注。

⑨閟：闭。

⑩靳惜：吝惜，珍惜。

同国子司业王士能、监丞滕仲礼谒南城文庙观周宣王石鼓，各模数本以归

陈　孚

退之昔为《石鼓歌》[①]，子瞻亦尝咏《石鼓》[②]。
我从江右游京师，眼见石鼓心欲舞。
周室中兴流彘余，尽复苍姬旧疆土[③]。
大蒐岐下选车徒[④]，虎贲三千健于虎[⑤]。
想当刻石纪勋时，载命臣籀臣吉甫[⑥]。
岂惟猗那清庙诗[⑦]，要纪丰功继丁武[⑧]。
兑戈和弓无复存[⑨]，此独不磨耀千古。
鲤鱮贯柳字斑斑[⑩]，势如雷文斫天斧[⑪]。
由汉讫唐弃草菅[⑫]，大观辇致图书府[⑬]。
黄金填画失之奢，金轮已整黄河橹。
燕山潭潭素王宫[⑭]，太史夜奏神光吐。
谁知至宝在人间，乃是凤篆龙章祖。
我皇御天开三雍[⑮]，石渠金马列李杜[⑯]。
鼓昔有十今存七，搜剔崖薮尚可补。
小儒更有笔如椽，作玄一经配邹鲁[⑰]。

陈孚(1259—1309)字刚中，号勿庵，台州临海(今浙江临海)人。幼清俊颖悟。累官翰林编修，翰林侍制、兼国史院编修官等。《元史》称其“天才过人，性任侠不羁，其为诗文。大抵任意即成，不事雕斫”。著

有《观光稿》《刚中玉堂稿》。

【注释】

①退之:韩愈。

②子瞻:苏轼。

③苍姬:指周文王姬昌。

④大蒐岐下:见前注。

⑤虎贲:见前注。

⑥臣籀:史籀。臣吉甫,即尹吉甫,西周臣兮氏名甲,字伯吉父(也作甫)。也称兮伯吉父。“尹”为官名,故称尹吉甫。宣王时臣。猃狁犯镐及方,周宣王五年(前823),他奉命率兵反击。《诗·小雅·六月》载其事迹。《兮甲盘》铭文中也记有其事。

⑦清庙:《诗经·颂》篇名。猗那:《诗·商颂·那》是殷商的后代宋国祭祀商朝建立者成汤的乐歌。首句是“猗与那与,置我鞉鼓”,后以“猗那”借指祭祀祖先的颂歌。

⑧丁武:商代年号,即武丁。商殷王名。盘庚弟小乙之子。商殷自盘庚死后,国势衰落。武丁即位,用傅说为相,励精图治趋强盛,在位五十九年。后世称高宗。

⑨兑戈和弓:指上古善于造兵器的巧匠。《书·顾命》:“兑之戈,和之弓。”孔传:“兑和,古之巧人。”

⑩鲤鱮贯柳:《石鼓文》辞有:“其鱼佳可,佳鱮佳鲤。可以橐之,佳杨及柳。”见苏轼诗。

⑪斫天斧:韩愈《石鼓歌》:“宣王奋起挥天戈。”

⑫由汉讫唐:见前注。

⑬大观:《佩文斋书画谱·历代名人书跋·石鼓文音训》:“世传周宣王猎碣,初在陈仓野中。唐郑余庆始迁之凤翔。宋大观中徙开封。”又《佩文斋书画谱·复斋碑录》:“大观中归于京师,诏以金填其文,以示贵重。”

⑭燕山向:指金人掳石鼓置于当朝宫门两侧一事。

⑮三雍:指辟雍、明堂、灵台合称三雍。也称“三雍宫”。《后汉书·儒林

传》:“中元元年,初建三雍;明帝即位,亲行其礼。”

⑯石渠金马列李杜:石渠指石渠阁,汉初萧何造,以藏入关所得秦之图籍。为汉宫藏书之处,后袭之。金马即金马门,宦者署门也,门有金马,故谓之。汉武帝得大宛马,乃命东门京以铜铸像,立马于鲁班门外,因称金马门。唐李白《古风·三十》诗:“但识金马门,谁知蓬莱山。”泛指皇家藏书之地和衙门之所。李杜:李白、杜甫。

⑰邹鲁:邹指孟子故乡,鲁指孔子故乡,此喻指文化昌盛之地。《庄子·天下》:“其在于《诗》《书》《礼》《乐》者,邹鲁之士搢绅先生多能明之。”

题程雪楼《黄庭经》[1]

张伯淳

雪楼之中有至人，手持一卷《黄庭经》。
闲居无事心太平，审能行之可长生。
鼠须吐英玉螭蟠[2]，山阴书仙脱尘凡[3]。
传之琬琰坚且完[4]，拓以茧素资陈玄[5]。
白黑粲粲久可观[6]，双瞳炯炯常凝注[7]。
天君泰定归俗虑，自然神全守深固。
门中五城十二楼，粉黛当前身之蠡[8]。
被服《黄庭》急回头，长生之方勿外求。
古今日月车两轮，昆仑蓬莱无晨昏。
深藏巾笥培灵根，君能宝之可长生。

张伯淳(1242—1302)，字师道，嘉兴(今浙江嘉兴)人。少举童子科，以父任铨授迪功郎，举进士，监临安府都税院，后授杭州路儒学教授，官至翰林直学士，拜翰林侍讲学士。著有《养蒙先生集》。

【注释】

①程雪楼：生平不详。《黄庭经》：见前注。

②山阴书仙：指王羲之。

③鼠须吐英：指王羲之书写《兰亭序》时所用之笔。宋陈槱《负暄野录·论纸品》："《兰亭序》用鼠须笔书乌丝栏茧纸……"

④琬琰：美玉。以琬琰喻王书《黄庭经》书法之精美。《楚辞·屈原·远游》：

“吸飞泉之微液兮，怀琬琰之华英。”

⑤陈玄：指墨。唐韩愈《毛颖传》：“颖与绛人陈玄，弘农陶泓及会稽楮先生友善。”后毛颖指笔，陶泓指砚，楮先生指纸。

⑥粲粲：鲜明貌。指王书《黄庭经》拓本黑白分明，神采夺人。《诗·小雅·大东》：“西人之子，粲粲衣服。”

⑦炯炯：光亮貌。指王书《黄庭经》神采夺目照人。

⑧蟊：吃苗根的害虫。

唐摹《兰亭》墨迹并序

郭天锡

唐贤摹晋右军兰亭宴集叙，字法秀逸，墨彩艳发，奇丽超绝，动心骇目，此定是唐太宗朝供奉拓书人直弘文馆冯承素等奉圣旨于《兰亭》真迹上双钩所摹。与米元章购于苏才翁家褚河南检校拓赐本张氏石刻对之，更无少异。米老论精妙数字，皆具有之，毫芒转折，纤微备尽，下真迹一等。余家旧藏赵摹拓本，虽结体间有小异，而义类良是，然各有绝胜处。要之，俱是一时名手摹书。前后二小半印，"神龙"二字，即唐中宗年号。贞观中，太宗自书"贞观"二字成二小印。开元中，明皇自书"开元"二字作一小印。神龙中，中宗亦书"神龙"二字为一小印，此印在贞观后，开元前，是御府印书者。张彦远《名画记》，唐贞观开元书印，及晋宋至唐公卿贵戚之家私印，一一详载，独不载此印，盖犹搜访未尽也。余观唐摹兰亭甚众，皆无唐代印跋，未若此帖唐印宛然。真迹入昭陵，拓本中择其绝肖似者秘之内府，此本乃是。余皆分赐皇太子诸王，中宗是文皇帝孙。内殿所秘，信为最善本，宜切近真也。至元癸巳获于杨左辖都尉家，传是尚方资送物，是年二月甲午重装于钱唐甘泉坊僦居快雪斋。

神龙天子文皇孙，宝章小玺余半痕。
鸾飞离离舞秦云[①]，龙惊荡荡跳天门[②]。
明光宫中春曦温，玉案卷舒娱至尊。
六百余年今幸存，小臣宁敢比玙璠。

郭天锡（1227—1302），元著名书法家、收藏家。字佑之，号北山，曾为御史，今山西大同（云中）人或作天水人，侨寓杭州，僦居于甘泉坊，因藏有王羲之《快雪时晴帖》(非以后清内府的三希堂墨本)，遂自署所居曰“快雪斋”，他是元代初年重要的鉴藏家之一，与赵孟頫、鲜于枢、乔赏成等人常有交往。

【注释】

①离离：罗列貌。唐李贺诗：“夜峰何离离，明月落石底。”

②荡荡：恣肆貌。

郝思温大字歌号东山，雪庵高弟

何　中

东山手提雪庵笔，笔中出此万钧力。
重如岱岳镇神维，奇如古鼎跃泗侧。
点如沧海之碣石，直如参天之古柏。
曲如老龙恣盘挐，横如方城立铁壁。
快如大泽斩蛇剑，妖夔幻魈□辟易，
巨灵引指太华擘。
三千狮子座[①]，举臂可移得。
偶然挥毫□，世间壮士不能掷。
《瘗鹤铭》《摩崖碑》，后来者谁谁继之。
我尝见龙溪之字大如箕[②]，五百年间无此奇。
雪庵老，东山子，优钵昙花重现世[③]。
昆仑以为笔，东溟以为砚，
青天以为纸，为我写太平两大字。
持献天皇九九八十一万岁，我歌尔字我老矣。

何中(1265—1332),字太虚。抚州乐安(今属江西)人。宋末登进士,为龙兴学师。学问弘深渊博,著有《知非堂稿》。

【注释】

①狮子座:佛所坐之处。《大智度论》:“佛为人中狮子,佛所坐处若床若

地，皆名狮子座。”

②龙溪：待考。

③优钵昙花：无花果树的一种，梵语。也作优昙，优昙钵罗、乌昙跋罗。意译为瑞应，或作祥瑞花。

题玉版《兰亭》[1]

揭祐民

临池旧眼被昏遮，玉版摩挲字隔纱。

忽忆昔年观定本[2]，绝胜枕臼与梅花[3]。

揭祐民(生卒年不详),广昌(今河北涞源)人。后寓居盱水,自号盱里子,晚号希韦子,工诗好游,遇故都遗迹,必徘徊悲歌而去。泰定中为邵武经历。著有《盱里子集》。

【注释】

①玉版《兰亭》:指《兰亭序》的一个版本。水赉佑《宋代〈兰亭序〉之研究》:"四、宋代《兰亭序》版本、收藏情况:刻本系统:其中以定武本为主,另有唐临本刻石、唐硬黄本刻石……还有《玉板兰亭》等。"

②定本:明汪砢玉《珊瑚网》:"《定武》有三刻矣。有谓太宗既葬《兰亭》茧纸,而刻石亦见殉。昭陵既发,耕氓负石为捣帛用。定武一士人见四周龙凤文隐起,知为禁中本,以百金市之以归。谓之'古定本'。(宋濂)"又水赉佑《宋代〈兰亭序〉之研究》:"《定武兰亭》可谓是总称,实际上在宋初已有定本,定州本、定武本三种名称之分。定本:碧岫野人赵稇仲古云:'此文自唐明皇得真迹,刻之学士院,人间不得复见,朱梁篡窃,辇至汴都,耶律德光破石晋,此刻渡河,帝羓既归,与辎重弃之杀胡林,后置之州治,遂曰定本'。所以,定本实是唐太宗刻在玉石上刻本,即平时人们所谓定武最早的刻本,第一石也。它最为逼真,宋时最受推崇。米友仁云:'世传石刻,诸好事家极多,悉以定本为冠。'贺方回云:'《兰亭序》世间本极多,惟定本者最佳。'楼钥云:'定本为世第,此又在定武前。'……据李心传云:'定本始见《集古录》中,后六十年,乃归御府。'"

③梅花:也是《兰亭》一版本。明汪砢玉《珊瑚网》:"……自后转相摹刻者凡九十余本,而吾婺梅花本而下,亦且十家,则其去真益难矣。……(宋濂)"清王原祁《佩文斋书画谱》记云:"《兰亭集刻》乙集一十三刻:旧梅花(本)……"枕臼:当指"玉枕"兰亭帖而言。明汪砢玉《珊瑚网》:"《玉枕兰亭帖》一在南京大药刘家,一在绍兴府,今皆不存。禊帖自褚河南缩为小本,或谓欧阳率更亦尝为之。此本有右军小像,题曰:秋壑珍玩,其贾氏所重刻者耶。景定间,似道专国,凡《兰亭》遗刻之在世者,鲜不资其玩好也。金华王祎子充跋。"又"玉枕刻今在福州府库。赵松雪亦作此蝇头小楷,方四五寸,字行如古本《兰亭》。余家藏禊叙,又有大草书,王元美所谓纵慢生稺,与右军真迹不相似。独与督策处,小近《笔阵图》耳。小玉磊砢者识。"

题《兰亭》定武本

王士熙

会稽晋名山，中有千世宝。
斯人临池波，历历照穹昊[①]。
流传长安道[②]，老僧惕如捣。
昭陵云雾深，玉匣失所保[③]。
周成《顾命》篇[④]，垂戈列经诰。
至今天下人，欲观何由讨。
幸然定武石，难容以智造。
宋家几播迁，惜哉迹如扫。
眼明偶相遇，精神更美好。
五字未曾缺[⑤]，才出绍彭早。
《黄庭》亦不存[⑥]，《瘗鹤》殊渺渺[⑦]。
摩挲忆真者，须发空自皓。

王士熙(1265—1343)，字继学，东平(今山东东平)人。王构之子。师邓文原，博学工文。官浙东廉使，入中书省。常与虞集、袁桷相唱和。著有《江亭集》。

【注释】

①穹昊：指天。唐杜甫《送长孙侍御赴武威判官》诗："西极柱亦顾，如何正穹昊。"

②此谓《独孤长老本》。系长安薛绍彭原拓本。初为吴说所得，并有吴说

题跋。而今所见有钱选、鲜于枢、赵孟頫十三跋、柯九思二跋。后流入日本。

③《佩文斋书画谱·集古录》:“(《兰亭序》)世言真本葬在昭陵、唐末之乱昭陵为温韬所发,其所藏书画皆剔取其装轴金玉而弃之……”

④《顾命》:《书》篇名,取临终遗命之意。

⑤五字句:见前注。

⑥《黄庭》:即《黄庭经》。

⑦《瘗鹤》:即《瘗鹤铭》。

题鲜于伯机与仇廉访帖[①]

王士熙

三生文采赵公子[②]，四海声名仇使君。
弹琴不作《广陵散》[③]，焚香遥驻博山云[④]。
玉署春来莺漫语[⑤]，繻衣人去雁空闻[⑥]。
龙蛇两纸光如玉，即是安西与右军。

【注释】

①仇廉访帖：指赵孟頫书《仇锷墓碑铭稿》。书于延祐六年(1319)。纸本，行楷书。

②三生：佛教语。指前生、今生、来生，即过去世、现在世、未来世。赵公子，即赵孟頫。

③《广陵散》：见前注。

④博山云：指博山炉焚香所成之烟云。博山炉表面或古器物表面有刻作重叠山形的装饰。

⑤玉署：指官署。

⑥繻衣：指汉代出入关隘的帛制凭证。《汉书·终军传》："步入关，关吏予军繻，军问以此何为，吏曰：'为复传还，当以合符。'军曰：'丈夫西游，终不复传还！'弃繻而去。"

题周伯温待制为苏老人篆七十古来稀有字后[1]

成廷珪

天上词臣小篆书，方今端合比琼琚[2]。
肯将南极仙人寿，题向东窗隐者居。
玉屑露凝金错落[3]，锦茵春暖绣芙蕖[4]。
缠腰信有扬州鹤[5]，垂钓宁无渭水鱼[6]。
方士曾分烧药火[7]，诸孙亲御看花车[8]。
黄金意气留宾客[9]，白发风神照里闾。
世上虚名皆寄尔，人生此乐复何如。
芝兰香里浑如画，百岁传家庆有余。

成廷珪(生卒年不详)，字元章，一字原常，又礼执，扬州(今属江苏)人。好学不求仕进，以吟咏自娱。与河东张过翥为忘年交，常与杨维桢、张雨、倪瓒互相酬答。著有《居竹轩集》。

【注释】

①周伯温：周伯琦字，号坚白居士，博学工文章，而尤以篆、隶、真、草擅名当时，官至监察御史，先后出任江东及浙西肃政廉访史，江浙行省左丞。著有《六书正伪》《说文字原》《近光集》。

②琼琚：华美的佩玉。指对周伯温书法的赞美之辞。

③玉屑：对周书之赞美。错落：指周书体势交错缤纷。

④锦茵：锦制之垫褥。此形容周书所用之锦绫。

⑤扬州鹤：唐无名氏《商芸小说》："有客相从，各言所志，或愿为扬州刺史

或愿多赀财,或愿骑鹤上升。其一人曰:‘腰缠十万贯,骑鹤上扬州,欲兼三者。”

⑥垂钓:指姜太公渭水垂钓之事。见前注。

⑦方士:方术之士。指古代求仙、炼丹,自言能长生不死的人。

⑧诸孙:指苏老人之后代。

⑨黄金意气:指苏老人的诚恳待人和豪爽气度。

寄谢察院高德进宪史寄来杨友直书“居竹轩”三大字①

成廷珪

三字封来墨未干，堂轩舒展对琅玕②。
高人不待笼鹅换③，好客多从载酒看。
月夜有怀通白下④，秋潮无信寄长干⑤。
清台翠柏应千丈，静想风霜卷地寒。

【注释】

①高德进:生平不详。杨友直:生平不详。

②琅玕:指竹。唐杜甫《郑驸马宅宴洞中》:“主家阴洞细烟雾,留客夏簟青琅玕。”

③指王羲之书《道德经》换鹅之事。

④白下:指南京。故城在今南京市北,也称金陵。东晋咸和三年,陶侃讨苏峻,筑白石垒,后因以为城。

⑤长干:今江苏江宁县。晋左思(太冲)《吴都赋》:“长干延属,飞甍舛互。”

范文正公书《伯夷颂》并札卷[1]

汤炳龙

退之尝作《伯夷颂》，纲常更为文章重[2]。
小范老子翰墨香[3]，吹醒首阳千古梦。
尔来宇宙三百年，劫灰不坏宁非天。
姑苏李侯贤太守[4]，为将手泽归云玄。
因忆右军修禊叙[5]，智永藏之固其所。
今比萧翼谁贤愚[6]，豪夺何如能乐与。
君子于物不留意，好德终然胜好古。
剑许徐君自有心，书还孔氏非无故。
粟可不食国可辞，较之一纸真毫厘。
闻风廉立遽如许，信哉圣人百世师。
西山之薇何独美[7]，向微二子一草耳。
东海鲁连死犹生[8]，中书冯道生犹死[9]。
承平文献传至今[10]，品题先后如盍簪[11]。
就中何人合愧死，九锡不是夷齐心[12]。

汤炳龙(1241—1323)，字子文，自号北村老民，其先山阳(江苏淮安)人，居京口(今江苏镇江)人。学问该博，善谈论，经书皆有传注，尤精于《易》。官至庆元市舶提举。著有《北村集》。

【注释】

①《伯夷颂》:见前注。纲常:即“三纲五常”的简称,三纲为君臣、父子、夫妻;五常为仁、义、礼、智、信。

②退之:指韩愈。

③小范老子:指范文正。

④李侯:见前注。

⑤修禊叙:即《兰亭序》。

⑥萧翼:梁元帝曾孙。本名世翼,负才艺,多权谋,唐太宗时为监察御史。当奉敕取王右军《兰亭帖》真迹与越僧辩才,称旨,授员外郎,赏资甚厚。(《中国人名大辞典》)。

⑦西山之薇:见前注。

⑧鲁连:见前注。

⑨冯道(882—954):字可道,自号长乐老,景城(河北沧州)人。初事燕,继事晋,自后唐明宗至后晋出帝,皆为相。契丹入,授太傅。后汉后周皆为太师。曾主持校定《九经》,雕版印行,为官府刻印书籍之始。

⑩承平文献:指《伯夷颂》。承平,太平治平相承。

⑪盍簪:聚首。盍簪,插于头发髻或连冠于发的长针。此指文跋并茂,相互辉映。《易·豫》:“勿疑,朋盍簪。”唐杜甫《杜位宅守岁》诗:“盍簪喧枥马,列炬散林鸦。”

⑫九锡:传说古代帝王尊礼大臣所给的九种器物。夷齐:伯夷,叔齐。

题高登封所藏史丞相手帖[1]

卢　挚

登封大夫汉师儒，颍水洗出商山须[2]。
连携尺素照秋碧，何年沧海遗神珠。
三台光气五云朵[3]，崧君潮来亦轩渠[4]。
龙虎变化风雨散，竹花不实悲鹓雏[5]。
故都乔木今何如？
剑履上天不可呼，长歌《缁衣》渺愁余[6]。

卢挚(1242—1314)，字处道，又字莘老，号疏斋，涿郡(今河北涿州)人。官至翰林学士。仁宗时，诗文与刘因、姚燧齐名，世称刘卢、姚卢。著有《疏斋集》。

【注释】

①高登封：生平不详。史丞相：生平不详。

②商山须：指商山四皓事。汉初，商山有四隐士，名东园公、绮里季、夏黄公、甪里先生，四人须眉皆白，故称“四皓”。

③三台：星名。谓上台、中台、下台共六星，两两相比，起文昌，列抵太微。唐张九龄《故刑部李尚书挽歌词》：“宿昔三台践，荣华驷马归。”五云朵：指五云体，敬称别来信来书，此指史丞相手帖。也称五朵云、朵云。

④崧君：指嵩山。轩渠：悦乐貌。

⑤鹓雏：用以喻贤才和高贵的人。

⑥《诗·郑风·缁衣》：“缁衣之宜兮，敝予又改为兮，适子之馆兮，还予授子之粲兮。”缁衣，黑色的衣服。

题东坡书楚颂卷①

滕　斌

欧公家颍川，坡老田阳羡。
是皆非吾土，而乃此留恋。
种橘知何时，何时归去兮？
归而谋之妇，惜无李衡妻。

滕斌(生卒年不详)，字玉霄，黄冈(今湖北东部)人。官翰林学士，后为江西儒学提举。风流笃厚，狂嬉狎酒，韵致可人，谈笑笔墨。以散曲著名。后弃家为道士，号涵灵子。著有《玉霄集》。

【注释】

①东坡书楚颂卷：清王原祁《佩文斋书画谱》引《铁网珊瑚》："东坡公欲买园种橘于荆溪之上，然志竟不遂。岂物者尚有所靳邪？而楚颂一帖传之后世为不朽，则又非造物者所能靳也。孟頫题。"楚颂指屈原《橘颂》。李光德《中华书学大辞典》录云："《楚颂帖》，北宋元丰七年(1084)苏轼书，行书，凡九十六字。轼性好园艺，当临洞庭湖植柑橘于阳羡，以屈原《橘颂》而颜其亭曰'楚颂'。欲以此处终老，但事与愿违，后北归卒世。是帖书法恐属苏轼平常之作。"

广贤曾堂宾出示先世手墨敬题廿八字[1]

滕　斌

西风吹老宾根霜，几度青山送夕阳。
回首渊明今已矣，黄花犹带晋时香[2]。

【注释】

①曾堂宾:生平不详。

②晋时香:指晋韵风尚。

题赵子昂诗卷三十卷

柯九思

江汉龙船下，东南王气收[①]。
求贤垂睿略，为治访嘉猷[②]。
使者班纁币[③]，王孙觐冕旒[④]。
未央凝露掌[⑤]，东序荐天球[⑥]。
颢气凌风上，祥光近日浮。
看花陪雉尾[⑦]，视草近螭头[⑧]。
清晓还闻履，严寒或赐裘[⑨]。
宋公周有客[⑩]，项伯汉诸侯[⑪]。
人仰文章贵，身承礼数优。
五朝通内籍[⑫]，九命擅清流[⑬]。
昔滞京都久，时从几杖游。
通家怜我慧，对酒慰羁愁。
妙墨时相赠，新篇不厌酬。
风流追鲍谢[⑭]，文采驾枚邹[⑮]。
心慕归来好，官因老欲休。
倚阑秋待月，携客煖经丘。
歌罢闻啼鸟，机忘玩狎鸥。
苕溪今寂寂，松雪自悠悠。
马鬣遗封在[⑯]，龙骧待诏不[⑰]。

断缣人共赏，只字世争售。
挥翰能兼美，评量此莫俦。
调高锵玉管，笔健映银钩。
江海苍烟暮，湖山碧树秋。
贾充能误国[18]，王粲漫登楼[19]。
花落浑无赖，春归不自由。
蜀笺临别墅，英颖胜他州[20]。
挥洒真成癖，吟哦可解忧。
钟王多韵度[21]，李杜极深幽[22]。
入室能攀践，趋隅恨阻修[23]。
锦标连玉轴，把卷共绸缪。

柯九思(1290—1343)，字敬仲，号丹邱生，五云阁吏，台州仙居(今属浙江)人。以父荫补华亭尉不就，文宗时任奎章阁。授学士院鉴书博士。精鉴赏，善写墨竹，师法文同，间作山水。工诗。著有《丹邱生集》。

【注释】

①指宋朝的灭亡。

②指元统治者为巩固其政权，拉拢知识分子的政策。《元史·赵孟頫》："至元二十三年，行台侍御史程钜夫奉诏搜访遗逸于江南，得孟頫，以之入见。孟頫才气英迈，神采焕发，如神仙中人。……"睿略：圣明的谋略。唐顾非熊《武宗挽歌词》之一："睿略皇威远，英风帝业间。"嘉猷：指好的谋士。比喻俊杰之士，栋梁之材。

③纁帀：浅绛色的帛。

④冕旒：古代帝王、诸侯及卿大夫的礼冠。王维《和贾舍人早朝大明宫》

诗:“九天阊阖开宫殿,万国衣冠拜冕旒。”

⑤未央:指未央宫。泛指宫殿。

⑥东序:指古代宫室的东厢。在堂东偏,房前、阼阶上。天子、诸侯养国老、宴群臣的座位在此。天球:玉器名。《书·顾命》:“大玉、夷玉、天球、河图,在东序。”

⑦雉尾:指雉尾扇,古代仪仗之一。宋王禹偁《南郊大礼》诗:“乾元门上赭袍光,雉尾初开散御香。”

⑧螭头:宫殿前雕刻有螭头形的石阶。韩愈《奉和库部卢曹长元日朝图》诗:“金炉香动螭头暗,玉佩声来雉尾高。”《旧唐书·郑朗传》:“朗执笔螭头下。”

⑨赐裘:《元史·赵孟頫》:“孟頫当累月不至宫中,帝以问左右,皆谓其年老畏寒,敕御府赐貂鼠裘。”

⑩宋公:指宋国国君微子。子姓:商纣庶兄,名启。见商纣淫乱不止,他“数谏不听,乃与大师、少师谋,遂去”。有客:《诗·周颂》篇名。《诗序》及《诗集传》皆说是“微子来见祖庙”之诗。

⑪项伯:项缠(? —前192),项羽叔父。下相(今江苏宿迁)人。前206年,项羽驻军鸿门,与范增定计欲杀刘邦。项伯与刘邦谋士张良友善,夜驰以告张良。鸿门宴上,范增命项庄舞剑欲杀刘邦,项伯拔剑对舞,以身护之,刘邦幸免。汉朝建立,赐项伯刘姓,封射阳侯。

⑫五朝:《佩文韵府·国绘宝鉴》:“赵孟頫荣际五朝,名满四海。”叶梦得诗:“五朝瞻旧老,挥尘听风生。”

⑬九命:周代的官爵分为九个等级,称九命。上公九命为伯。

⑭鲍谢:指南朝宋鲍照、齐谢朓。二人皆工诗,鲍诗俊逸,谢诗清丽,合称鲍谢。谢也有指谢灵运。

⑮枚邹:指西汉枚乘、战国齐邹奭。枚乘(? —前140),西汉辞赋家,淮阴(今江苏清江)人。著有《七发》。战国邹奭,其文饰若雕镂龙文,人称“雕龙奭”。

⑯马鬣遗封:《礼记》:“孔子之丧,子夏曰:‘吾见封之若堂者矣,见若坊者矣,见若覆夏屋者矣,见若斧者矣,从若斧者焉。马鬣封之谓也。’”

⑰龙骧:指气度轩昂,威武自雄。古代将军的名号。

⑱贾充(217—282):西晋曹魏时任大将军。字公闾,平阳襄陵(今山西临汾)人。《晋书》称其“有刀笔才,能观察上旨”。误国:指曹魏时,贾充任大将军司马,为司马氏所宠信,指使成济杀帝曹髦,参与司马氏代魏。

⑲王粲(177—217):东汉末文学家,字仲宣,山阳高平(今山东邹平)人。初从刘表,后归曹操,官至侍中。在“建安七子”中成就较大,与曹植并称为“曹王”。《三国志·王粲传》:“博学多识”“善属文”,举笔便成。明人辑有《王侍中集》。登楼:指王粲所著《登楼赋》。王粲居客中,时作乡思,《登楼赋》即成于此时。后为哀感的代表作。

⑳英颖:指赵子昂书法。

㉑钟王:指钟繇、王羲之。

㉒李杜:指李白、杜甫。

㉓趋隅:指身处角落。

敬题范文正公所书《伯夷颂》卷尾

干文传

孤竹身为百世师①，范公手染退之辞②。

不知青社挥毫日③，得以天章论道时。

干文传(1266—1343),字寿道,平江(今江苏苏州)人。官至礼部尚书。气识伟远,诗文雅正。著有《仁里漫稿》。

【注释】

①孤竹:伯夷为商末孤竹国(今河北卢龙东一带)君长子。

②退之:指韩愈。

③青社:指东方,祀东方土神处。《史记·三王世家》:“于戏,小子闳,受兹青社。”元贡师泰《黄金台》诗:“昭王锐志移青社,筑土悬金奉贤者。”

敬题范文正公所书《伯夷颂》卷尾

汪泽民

青青首阳薇，皎皎孤竹子。
求仁亦何怨，清风千万祀。
昌黎述玄圣，雄文剧颂美①。
伟哉青社书，感激有深旨。
列宿丽寒旻，群鸿戏秋水。
李侯信卓荦②，不惜百金市。
分符守吴会，开缄授云耳。
故物传卫公，遗璧归孔氏。
一玩三叹息，当思继前轨。

汪泽民(1273—1355)，字叔志，婺源州(今浙江金华)人。官至礼部尚书。贯通诸经，著有《宛陵遗稿》。

【注释】

①剧颂：详见前注。

②卓荦：卓绝出众。

论　书

赵孟頫

右军潇洒更清真，落笔奔腾思入神。
裹鲊若能长住世①，子鸾未必可惊人②。
苍藤古木千年意，野草闲花几日春。
书法不传今已久，楮君毛颖向谁陈？

赵孟頫(1254—1322)，字子昂，号松雪道人。水精宫道人，又号鸥波，潮州(今浙江吴兴)人。宋室宗亲。官至翰林学士承旨，时称“赵承旨”，封魏国公，谥文敏。精通老庄，佛学之道，工诗擅画，诗文清逸，书法诸体皆精，“称雄一世”。传世书迹主要有《六体千字文》《胆巴碑》《临兰亭序帖》等。著有《松雪斋集》。

【注释】

①裹鲊：指东晋王羲之的《裹鲊帖》。

②子鸾：指当时流传的《子鸾字帖》。

赠彭师丘[1]

赵孟頫

学书工拙何足计，名世不难传世难。
当有深知书法者，未容俗子议其间。

古来名刻世可数，余者未精心不降。
欲使清风传万古，须如明月印千江。

【注释】

①彭师丘：生平不详。

《秀石疏林图》题诗①

赵孟𫖯

石如飞白木如籀，写竹还应八法通。
若也有人能会此，方知书画本来同。

【注释】

①此诗见于赵孟𫖯《秀石疏林图卷》中，阐明了书画相通的观点，首倡以书法笔法入画，对中国绘画史论影响深远，同时也反映了艺术规律本质的必然联系。

哀鲜于伯几[1]

赵孟頫

生别有再逢，死别终古隔。
君死已五年，追痛犹一日。
我生大江南，君长淮水北。
忆昨闻令名，官舍始相识。
我方二十余，君发黑如漆。
契合无间言[2]，一见同宿昔[3]。
春游每挐舟，夜坐常促席[4]。
气豪声若钟，意愤髯屡戟。
谈谐杂叫啸，议论造精覈[5]。
巍煌商鼎制[6]，驵骏汉马式[7]。
奇文既同赏，疑义或共析。
锦囊装玉轴，妙绝晋唐迹。
粲然极炫曜，观者咸辟易[8]。
非君有精鉴，畴能萃奇物。
最后得玉钩，琱琢螭盘屈。
握手传玩余，欢喜见颜色。
刻意学古书，池水欲尽黑。
书记往来间，彼此各有得。
我时学钟法，写君先墓石。

江南君所乐，地气苦下湿。
安知从事衫，竟卒奉常职。
至今屏障间，不忍观遗墨。
凄涼方井路[9]，松竹荫真宅[10]。
乾坤清气少，人物世罕觌[11]。
绯袍俨画像，对之泪沾臆。
宇宙一何悠，悲酸岂终极。

【注释】

①鲜于伯几:即鲜于枢。

②契合:融洽,相符。

③宿昔:往日,向来。晋阮籍《咏怀诗》:“携手等欢爱,宿昔同衣裳。”

④促席:古人席地而坐,座位靠近故称。晋左思《蜀都赋》:“合樽促席,引满相罚。”

⑤精覈:关细考察,也作“精核”。《文选·马融·长笛赋序》:“博览典雅,精核数术。”

⑥巍煌:高大、明亮。《佩文韵府·黄潜诗》:“金碧何巍煌。”

⑦駔骏:骏马。南朝宋颜延年《赭白马赋》:“于时駔骏,充阶街兮。”

⑧辟易:拜服、倾倒。杜甫《夜听许十一诵诗爱而有作》:“诵诗浑游衍,四座皆辟易。”

⑨方井:《佩文韵府·宋书·礼志》:“殿屋之为员渊方井,兼植荷花者,以严火祥也。”

⑩真宅:传统观念谓人死后的真心归宿。《汉书·杨王孙传·报祁侯书》:“千载之后,棺椁臭腐,乃得归土,就其真宅。”

⑪觌:相见。《易·困》:“三岁不觌。”《论语·乡党》:“私觌,愉愉如也。”